rmatsch

APLAM

Knasterwanze

ABÄLLINO

bin entzückt

Pardon

allerbesten D

Aschuldige bitte

würden Sie die Güte

besitzen würden

verehrte Dame

BITTE

DANK

ich mir gestatten darf

Hochverehr

ITE SEHR!

Hochgeschätzte

gütigst erlauben würden

BITTE

Danke

lichkeit haben

hoffe nicht unbescheiden zu sei

ir sind zutiefst betrübt

krähmatsch

n Dank!

BITTE GESTATTEN!

um den Kirchturm ge

Peter Brock

Gestatten – Oskar

Dies ist,
wenn Sie gestatten,
eine Geschichte von Peter Brock, die er

Gestatten-Oskar

nannte und welche er, auf das entgegenkommende
Verständnis des geneigten Leserpublikums bauend,
diesem höflichst vorzulegen sich erlaubt. Um
gütige Nachsicht für seine Bilder bittet
Eberhard Binder, während der
Leipziger Kinderbuchverlag
die Liebenswürdigkeit
hatte, das Ganze in
einem Buche
zu vereinen.

leiv

1. Auflage 2008
Text: Peter Brock
Illustrationen: Eberhard Binder
Typografie: Jochen Busch
Druck und Binden: Východoslovenskè tlačiarne a.s., Košice
Printed in Slovakia

ISBN 978-3-89603-304-8

www.leiv-verlag.de

Oskar muss seinen Senf dazugeben

Nein, ein Vorwort wollte ich wirklich nicht schreiben. Jemand von euch hat mir einmal gesagt, ihr würdet alles, was vor dem Anfang anfängt, nicht gerne lesen. Die Geschichte soll also gleich mit dem ersten Kapitel losgehen.

Da kommt mir doch Oskar Siebenhüner in die Quere! Immer muss der Junge seinen Senf dazugeben. Dabei war alles aufgeschrieben, was ich über seine Streiche gehört hatte: das Ding mit der Räuberschwarte, Fisches nächtlicher Gesang, Oskars Querschuss durch Fräulein Löblichs Balkonscheibe, sein großer Reinfall und Milchreisbubis unerhörte Heldentat, der Geheimbund in Siebenhüners Gartenlaube und die schallende Ohrfeige von Fräulein Seidelbast… Die ganze Geschichte war, wie es sich gehört, fein säuberlich in Kapitel eingeteilt und stand tadellos auf dem Papier. Es fehlte nur noch der letzte Punkt.

Mit dem lasse ich mir nämlich immer ein bisschen Zeit. Denn so ein Schlusspunkt unter ein fertiges Buch ist ja kein gewöhnlicher Punkt, nicht wahr? Eher schon eine feierliche Handlung. Ich goss mir deshalb vorher ein Glas vom besten Wein ein und stieß mit der Geschichte an, um ihr viel Glück zu wünschen auf der Reise zu euch.

„Prost“, sagte da jemand hinter mir. Und als ich mich umdrehe, steht Oskar Siebenhüner vor mir und erklärt, alles noch einmal prüfen zu müssen.

Zuerst glaubte ich mich verhört zu haben.

„Prüfen?“, fragte ich. „Hast du prüfen gesagt?“

„Ob auch alles richtig stimmt.“

„Aber erlaube mal! Wer von uns hat denn die Erzählung geschrieben? Du – oder ich?“

„Eigentlich wir beide.“

„Wir – beide?“ Ums Haar hätte ich den Wein über Oskar gekippt. Über den geschriebenen, meine ich.

„Na ja. Was Sie da über mich gehört haben, von den sogenannten tollen Schoten und so, das ist von mir. Und von Ihnen ist, dass Sie’s aufgeschrieben haben. Stimmt’s?“

Eine Weile war ich sprachlos.

Das nutzte Oskar sofort aus und tat, als wären wir längst gute Freunde.

„Vielleicht haben Sie was vergessen“, sagte er vertraulich. „Kann jedem passieren. Oder was dazugedichtet, wo ich gar nicht dafür kann. Otto hat gesagt…“ Er kratzte sich am Kopf und sah mich unsicher an.

„Was hat er gesagt? Nur raus mit der Sprache, Oskar.“

„Also gut. Otto meint, Schriftsteller machen das wie Zauberkünstler. Lassen eine Maus im Hut verschwinden, und dann ziehen sie ein großes Karnickel raus. Sagen Sie mal, Herr Brock, stimmt das?“

Plötzlich musste ich, ich weiß nicht warum, lachen und Oskar ließ sich kichernd auf einem Sessel nieder.

Hätte ich mich nur nicht darauf eingelassen! Denn jetzt hatte der Bengel schon halb gewonnenes Spiel. Es dauerte auch nicht mehr lange, da steckte er seine neugierige Nase in mein bis auf den letzten Punkt fertiges Buch.

„Oskar“, sagte ich mit Mühe. „Es steht wirklich nur drin, was ihr mir erzählt habt. Und so schlecht kommst du dabei nicht weg, mein Junge. Freu dich doch. Durch das Buch wirst du womöglich noch berühmt.“

„Aber nicht mit Oskar Siebenhüner, wenn ich’s nicht vorher gelesen habe.“

„Unsinn! Ohne deinen Namen wäre die Erzählung witzlos. Wie sollen die Leser sonst erfahren, woher das Wort ‚frech wie Oskar‘ eigentlich kommt?“

„Wenn ich schon die Hauptpersönlichkeit in Ihrem Roman spiele, muss auch alles richtig stimmen.“

Da stöhnte ich ohnmächtig auf. Und er ging. Dort, wo eben noch mein bis auf den letzten Punkt fertiges Buch lag, saß nur noch eine fette Fliege und glotzte mich an.

Am Sonntagnachmittag kam Oskar wieder. Legte das Buch auf den Tisch und sagte: „Bloß gut, dass ich es noch mal gelesen habe. So reden wir überhaupt nicht, wie da drin steht. Aber jetzt stimmt’s. Und die Bilder von mir müssen auch noch rein. Sonst wissen die Leser doch nicht, wie wir alle aussehen.“

Wie gut, dass ich saß! Meine Geschichte sah tatsächlich aus, als ob sie in einer Kneipe die Runde gemacht hätte, wo man gerade Eisbeine aß. Fettige Daumenabdrücke und Eselsohren, wohin ich auch blickte. Und dazu Porträts mit Personenbeschreibungen…

„Unmöglich, Oskar! Die sehen ja aus wie Steckbriefe.“

„Steckbriefe?“ Er wischte beleidigt mit der Hand unter der Nase lang. „Papa sagt, im Zeichnen wäre ich ein Ass. Hat auch jeder quittiert, dass er so aussieht.“

„Und der hier? Soll das etwa euer Direktor sein?"

Oskar feixte. „Eigentlich ist er noch bisschen dicker. Aber so will man ja auch nicht sein."

Ich blätterte die Seiten flüchtig durch. Und was fand ich? Beinah in jedem Kapitel hatte dieser Bursche mit seiner krakeligen Schrift etwas geändert. Zuerst glaubte ich, er wollte vielleicht seine deftigsten Kraftausdrücke ein bisschen salonfähig machen. Doch das war ein Irrtum. Gerade darin hielt er sich streng an die Wahrheit. Und dabei reicht sein Schimpfwortschatz unanständig weit.

„Nein, das ist zu viel, Oskar. Was sind das bloß für seltsame Wesen, die jetzt in dem Buch herumkrabbeln? Knatterwanzen, Stinkbesen, ausgefranste Seemannslatschen, Hochparterredussel..."

„Das sagen doch alle bei uns."

„Was lese ich da? Du dreimal um den Kirchturm gewickeltes – Bandwurmgerippe? Da sträubt sich ja die Feder! Das lass ich unmöglich stehen."

Leicht gesagt! Denn sobald ich auch nur eins der unmöglichen Wörter streichen wollte, lehnte Oskar ab, seinen Namen für die Geschichte herzugeben. Was sollte ich tun? Schließlich konnte ich unmöglich aus diesem Oskar Großmaul ein Hänschen Süßholz machen.

Wir verhandelten lange miteinander. Dabei kam er mir wenigstens ein Stück entgegen. Wenn ich nur die übelsten Ausrutscher durch einen seiner zahllosen, aber harmloseren Kraftausdrücke ersetzte, wollte er großzügig seinen Namen zur Veröffentlichung freigeben.

„Ich weiß aber nicht, was die Lehrer dazu sagen werden, Oskar", warnte ich. „Den Krach kannst du dir anhören, nicht ich. Und wenn Protestbriefe kommen, wirst du sie gefälligst beantworten. Klar?"

„Gemacht", antwortete Oskar. „Und wer will, kriegt ein Autogramm von mir."

Sagt es und setzt, als Vorschuss, seinen Namen unter das eigene Porträt. Endlich ging er. Und ich atmete schon auf.

Doch an der Tür blieb er noch mal stehen.

„Was denn! Willst du vielleicht noch was hineinkritzeln?"

„Nur eine Kleinigkeit."

Schon kommt er zurück, schlägt die letzte Seite auf, nimmt meinen Füller und malt einen fetten Punkt hinter die Geschichte.

Versteht ihr jetzt, warum ich doch noch ein Vorwort schreiben musste?

Wie wir alle aussehen

So sehe ich aus.
„Bisschen ausgefranst", sagt Tante Milchen. Weil sie keine Ahnung hat, was modern ist. Früher hat sie auch gemeckert, wenn sie zu Besuch kam: „Wie ein gerupftes Huhn läuft er rum!" Also, wenn ich bloß das Wort Huhn höre, kann ich fuchsteufelswild werden. Wer den Namen Siebenhüner erfunden hat, der muss doch doof gewesen sein. Überall ruft man mich „Körnerfresser" oder „Eierleger" oder „Suppenhahn". Aber wenn ich „bucklige Brotspinne" schreie oder „Beatleschrulle" – gleich heißt es: Frech wie Oskar. Ist das vielleicht gerecht?

Komplett heißt er Otto Brösel. Aber Brösel mit weichem S. Und nicht „Brößel", wie neulich dieser Knallkopp Holger Hinz an die Tafel geschrieben hat. Bloß weil Otto manchmal mit der Zunge anstößt. Und das auch nur, wenn er aufgeregt ist. Na, dem Holger hab ich gleich Licht gemacht am Rad, kann ich euch flüstern. Als ob einer was dafür kann, wenn ihm die Zunge zwischen die Zähne kommt beim Sprechen. Dabei gibt sich Otto solche Mühe! Überhaupt, Otto ist ein toller Typ. Und für mich der beste Freund. Auch wenn unsre Lehrerin meint, er wäre einer der schlechtesten. Jedenfalls in Bio und Mathe.

Einmal hat der kleine Rainer in der Klasse erzählt, dass der riesige Dinosaurier aus dem Heimatmuseum vor ewigen Zeiten wirklich auf unseren Havelinseln herumgestrolcht ist. Da hat Otto gelacht und gesagt: „Der dinosüße Milchreisbubi will uns einen Dinosaurier aufbinden!“ Seitdem sagen wir Milchreisbubi zu ihm. Aber dass Rainer gar nicht von Pappe ist, werdet ihr schon noch rauskriegen. Der kennt Tricks, und die kamen uns gut zupass, als wir in der Laube den Geheimbund machten.

Aber daran ist er selber schuld, weil er der Erfinder der Jen-Witze ist. Er kam aus Markranstädt zu uns und spricht sächsisch. Jen-Witze kann man bloß sächsisch erzählen. Die spielen alle zu der Zeit, wo Kolumbus noch um die Erde segelte, und fangen so an: „Und da kam se mal an een Land…“ Einmal hat Herr Holbein, bei dem wir Erdkunde haben, so einen Witz von Jen gehört: „Und da kam se mal an een Land, wo nischt wachsen wollte. Und da war een alter Mann, der sagte: ‚Es fehlt ähm an Dünger für den trocknen Boden.‘ Da ging der Kapitän zum Schiff und rief den Schiffsjungen, der hieß Jen: ‚Ha'm wir noch een Häbbchen Kali vorn, Jen?‘ Und da nannten sie das Land Kalifornien.“
Herr Holbein hat dem Jen eine Fünf in Erdkunde gegeben.

Mit den kirschroten Backen und der stupsigen Nase könnte sie auch auf dem Jahrmarkt stehen und Zuckerwatte oder Lutscher verkaufen, stimmt's? Bloß keine Luftballons. Weil ihr Kopf auch beinahe wie ein Ballon aussieht. Da kann leicht eine Verwechslung passieren. Und das möchte ich ja doch nicht, dass Dolly als Ballon an die Leine genommen wird. Außerdem brauchen wir sie dringend auf der Räuberinsel.

Sie heißt Clementine Seidelbast und gefällt mir eigentlich ganz gut. Bloß ihr Vorname ist nicht mein Fall. Einmal hab ich sie mit ihrem Freund im Kino gesehen. Sie saßen direkt vor mir. Und als das Licht ausging, hat er ihr was ins Ohr geflüstert: „Meine Daffne", hat er gesagt. Sicher gefällt ihm Clementine auch nicht besonders. Ottos Schwester hat gesagt, Daffne wäre die Tochter von einem Flussgott, nach einer griechischen Sage, und man schriebe das so: Daphne. Aber in Ottos Lexikon steht, Seidelbast wäre eine Giftpflanze. Ich überlege noch, ob Fräulein Seidelbast giftig oder göttlich ist.

Na ja, eigentlich steht an der Tür vom Direktorzimmer: Doktor Hurz. Aber da war er noch nicht in die Räubersprache übersetzt. Nur weil Knolle Wampso bisschen dick ist, sagen manche „Tönnchen“ zu ihm. Dieser Direktor ist ganz prima. Schon mal, weil wir ihn nur selten zu sehen bekommen. Höchstens zum Morgenappell. Oder wenn er vom Direktorzimmer den Gang entlanggeht bis zur Tür, wo dran steht: FÜR LEHRER. Bloß einmal, da ging er zur anderen Tür, wo dran steht: FÜR KNABEN. Das war, als ich das Schild
ACHTUNG! SELBSTSCHÜSSE!
an die Tür FÜR LEHRER gehängt hatte.
Seitdem ist Knolle Wampso böse auf mich.

Früher hat Mama gesagt, Fräulein Löblich wäre mein schlechtes Gewissen. Danach hab ich meist einen großen Bogen um sie gemacht. Schon wegen der albernen Namen, die wir ihr angehängt hatten. Und wegen ihrem Hund, der adlig sein soll.

Aber wer heute noch mal „Ex-Paukerin" oder „Bohnenstange" zu Fräulein Löblich sagt, der kriegt es mit mir zu tun. Und Titus soll sich bloß nicht wagen, ihren Pudel Adrian noch mal anzuknurren, obwohl Adrian adlig ist und mir ein Loch in die Hose gerissen hat.

Als er voriges Jahr plötzlich in unsrer Gartenlaube auftauchte und nicht mehr weg wollte, hieß er noch nicht Titus, sondern bloß Hund. Da hat Otto das Vornamenbuch von seiner Schwester geholt, und dann haben wir den Hund mit allen Namen gerufen, die drinstanden. Erst bei „Titus" hat er laut gebellt und ist ganz verrückt herumgesprungen. Und seitdem heißt er so.

Papa sagt, er hat Ähnlichkeit mit einem Spitz. Und Mama meint, eher wäre er ein Dackel. Aber was er wirklich ist, weiß bloß ich. Mein Titus ist der klügste Hund von ganz Havelau, wo wir wohnen. Er versteht alles, was man ihm sagt. Sogar das, was andere nicht hören dürfen.

Die unpünktlichen Lehrer

„Mama, ich zische ab."

„Warte, Junge."

„Du hast gesagt, ich soll pünktlich…"

„Du wartest!"

Stöhnend blieb Oskar an der Wohnungstür stehen und kraulte seinem Titus, der ihm freundlich die Hand leckte, das Fell.

Jetzt ging die Fragerei wieder los! Und das seit der letzten Elternversammlung, wo Frau Kühlewind wieder mal mächtig gegen ihn gewettert hatte. Jeden Morgen ging nun ein strenges Verhör los. Und immer die gleichen lästigen Fragen. Er kannte sie schon alle auswendig.

„Keine Schularbeiten vergessen?"

„Nein, Mama."

„Taschentuch mit?"

„Ja, Mama."

„Keine Knallerbsen, keinen Frosch mit?"

„Nein, Mama."

„Dreh die Taschen um."

Er tat es.

„Auch keinen Unsinn im Kopf?"

Er schüttelte den struppigen Kopf. Kein Unsinn fiel heraus.

„Dass du nicht wieder so frech pfeifst, wenn Frau Kühlewind mit euch singt!"

„Nein, Mama."

Pause.

Nanu? Da fehlte doch was.

Oskar hatte bereits das letzte „Nein, Mama" auf der Zunge. Aber die Mutter schwieg. Schließlich war er es, der sagte: „Dass du unterwegs nicht wieder bummelst."

„Wer – ich?"

„Nein, Mama, ich. Hast du heute vergessen zu sagen."

Er fegte schon die Treppe hinunter.

„Warte. Das Essengeld!"

Es half nichts, er musste noch mal zurück.

„Wenn man auch nicht an alles denkt", schimpfte Frau Siebenhüner. „Ich hab nächste Woche Frühschicht. Wo willst du denn dann essen? Das Geld bringst du sofort zum Schulbüro. Und benimm dich, du Stromer."

„Nein, Mama. Äh – ja, Mama."

„Du machst einen noch verrückt mit dem ewigen nein, Mama, ja, Mama."

„Ja, Mama. Äh, jawoll, Frau Siebenhüner. Noch was?"

„Nicht noch frech werden!"

„Nein, Mama. Aber wenn das weiter so geht, komm ich zum Singen zu spät. Und dann meckert der kühle Wind wieder."

„Deine Lehrerin heißt Frau Kühlewind und meckert nicht, sondern…"

„…säuselt. Tschüs, Mama!"

Noch einen Klaps hinten drauf, dann war er endlich entlassen.

Grimmig zockelte Oskar zwischen ein paar kleinen Mädchen die Wenzelstraße in Havelau zur Reuterschule hinunter. Fehlt bloß noch, dachte er, dass mich Mama am Händchen nimmt und bis zum Schultor mitgeht. Und das alles bloß, weil sich die Musiklehrerin wieder mal über meine Unpünktlichkeit aufgeregt hat.

„Als Klassenlehrerin bin ich verantwortlich für die Disziplin der Schüler", hat sie gesagt. Dabei ist Herr Biesler bei uns Klassenlehrer. Und bei dem kam ich nie zu spät. Höchstens ganz selten. Weil der alte Herr Biesler so krank ist und bald ein andrer für ihn kommen wird, vertritt ihn die Musiktante. Feine Vertretung! Jetzt rauscht morgens so 'n dünner, langer Wind in die Klasse und säuselt: „Wir wollen den jungen Tag mit einem frischen Lied begrüßen. Drei – vier!" Na, und dann geht's los:

„Hei, wie der Wind im Schornstein geigt!"

Oder so was Ähnliches. Und deswegen müssen wir fünf Minuten vor acht da sein. Neulich, wo wir „Horch, wer kommt von draußen rein" singen mussten, hab ich hinten an das Hollahiaho 'nen schneidigen Schlusspfiff angehängt. So einen auf zwei Fingern. Das war doch wenigstens ein Spaß. Aber sie? „Das ist unschön, Oskar", hat sie gesäuselt. Komisch, alles, was Spaß macht, findet sie unschön. Aber uns fragt keiner, ob wir es vielleicht schön finden, schon fünf vor acht da zu sein und die Windgeige im Schornstein heulen zu lassen. Und wenn man lieber draußen wartet, bis sie drinnen den jungen Tag zu Ende begrüßt haben, gleich heißt es, man wäre unpünktlich.

Dann kramt sie auch noch die alte Geschichte mit den Knallerbsen aus. Außerdem war der Frosch von Otto. Ich hab ihn Irmchen zu Besuch in die

Tasche geschoben. Und da quietscht die gleich los wie ’n Zickentiroler. Ach so, Zickentiroler ist ja auch nicht mehr erlaubt. „Ich weiß nicht, liebe Frau Siebenhüner, aber Ihr Oskar führt so grässliche Redensarten im Munde“, hat sie gesäuselt. Möchte bloß wissen, wo ich sie sonst führen soll, wenn nicht im

Munde. Mama gab ihr natürlich recht. Eltern sind ja immer auf der Seite der Lehrer. Bloß gut, dass Papa auf Fernfahrt war. Er kommt nämlich gleich so auf Touren. Da braucht er gar nicht hinterm Steuer zu sitzen.

Also, wenn sie heute wieder das Schornsteinlied haben will, mach ich dazu ein Windgeheul…

„He, Ossi! Schlechte Laune?"

Plötzlich war Dolly Heikenroth an seiner Seite. Die fehlte ihm gerade noch! Wie albern sie kicherte und die Tasche um ihre kurzen Beine schlenkerte.

„Machst heute den Vorsänger, Ossi?"

„Quatsch mich nicht von links an, ja?"

Oskar griff nach ihrem aufreizend wippenden Pferdeschwanz. Aber Dolly war fixer und riss aus. Sie kurvte geschickt um ein paar lange Beine, die vor ihnen gingen. Und als Oskar sie gerade greifen wollte, trippelte Dolly brav neben einer dünnen, staksigen Dame mit randloser Brille einher.

„Guten Morgen, Frau Kühlewind", sagte sie artig. Und dabei feixte sie Oskar an, der wütend seinen Lauf stoppte.

„Guten Morgen, Dorothea", sagte die Dame und strich sanft über Dollys dicken Pferdeschwanz. „Ein Wetterchen ist das heute wieder mal! So recht zum Wandern, nicht wahr?"

Vielleicht noch mit Klampfe und blauen Bändern dran, dachte Oskar erbost. So wie neulich. Da musste Rainer Lemmle die Mandoline mitbringen und den Vorsänger machen. Also wird sie heute nicht den Wind heulen, sondern uns so recht in Freuden wandern lassen. Und wenn's der Sonne entgegen geht, wird ihre Stimme zittern.

Kurz vor der Reuterschule kam Dolly aufgeregt zurück. „Heute gibt's 'ne tolle Überraschung, Ossi", rief sie aus respektvoller Entfernung. „Hat der kühle Wind eben gesagt. Du, ich ahne schon was!" Dann feixte sie über Oskars finsteres Gesicht, machte kehrt und flitzte über den Schulhof. Zugleich hatte sich Frau Kühlewind umgesehen und vielsagend gelächelt.

Oskar ahnte Schreckliches. Hat sie sich vielleicht ausgedacht, dass ich heute den Vorsänger mache? Bestimmt tratscht Dolly schon bei den anderen herum, dass ich mit meiner rostigen Stimme im Windschatten stehen und den Ton angeben werde. Damit die Susen mal wieder was zu schnattern haben? Da können die aber lange warten, dachte Oskar. Lieber drei Jahre nichts zu Weihnachten, als so etwas.

Er verzichtete heute darauf, sich mit den anderen vor dem Haupteingang aufzustellen, und schlüpfte ungesehen durch den Nebeneingang.

Auf der Schuluhr im unteren Korridor fehlten noch sieben Minuten bis acht. Oskar las erst einmal an der Wandzeitung eine lange Geschichte über den Internationalen Kindertag.

„Nanu?“, sagte plötzlich jemand neben ihm. „Weshalb stellst du dich nicht wie die anderen draußen an?“

Es war Frau Teubner, die Schulsekretärin. Eine ältere, nervös mit den Augen zuckende Frau, die viel unterwegs war, weil sie sich für den ganzen Schulbetrieb verantwortlich fühlte.

„Ja, das ist nämlich so“, begann Oskar umständlich und holte weit aus, um möglichst viele Sekunden verrinnen zu lassen. „Ich soll Ihnen einen schönen Gruß von meiner lieben Mama bestellen, Frau Teubner. Und sie lässt Ihnen sagen, dass sie die ganze nächste Woche Frühschicht hat.“

„Danke. Sag, was du willst, ich hab wenig Zeit.“

„Und weil mein Papa meistens auf Fernfahrt ist, bin ich nämlich oft allein zu Haus, wissen Sie? Na ja, aber allein kann ich mir kein Mittagessen kochen. Das ist es eben.“

„Ja – und? Du machst einen richtig kribbelig, Junge. Ich kann doch nicht zu euch kommen und kochen.“

„Nein, das nicht. Deshalb will ich nächste Woche wieder an der Schulspeisung teilnehmen. Und jetzt soll ich...“

„Du willst also das Essengeld abgeben. Weshalb denn so viele Worte? Leg es bei mir auf den Schreibtisch.“

„Aber ich möchte lieber warten, bis Sie kommen, Frau Teubner. Mama hat nämlich gesagt, ich soll...“

„Nicht nötig, Junge. Sonst verpasst du noch das Singen. Ihr singt doch immer so nett mit Frau Kühlewind, nicht?“

„Ja, sehr nett“, knurrte Oskar.

„Dann beeil dich.“

Frau Teubner hastete weiter. Und Oskar latschte enttäuscht ins Schulbüro. Aber weil dort niemand im Raum war, beschloss er, doch zu warten. Geld soll man nicht so leichtsinnig auf irgendeinen Tisch legen.

Während er die Markstücke von einer Hand in die andere zählte, hörte er hinter sich die automatische Uhr der Klingelanlage ticken. Er drehte sich um. Der Sekundenzeiger hinter Glas lief bereits auf die volle Minute zu. Noch vierzig Sekunden, dann würde er das Klingelzeichen automatisch auslösen. Und dann? Dann musste Oskar in die Klasse und den Vorsänger machen.

Plötzlich entdeckte er den Schlüssel im Uhrkasten. Und wenn ich die Uhr anhalte?, überlegte er. Dann würde es auch nicht klingeln. Es brauchten

ja bloß fünf Minuten zu sein, die Frau Kühlewind zu spät in der Klasse erschien. Warum müssen eigentlich immer wir Schüler zu spät kommen?

Vorsichtig schloss er den Glaskasten auf. Es fehlten nur noch vier Sekunden. Dann…

Beherzt griff er zu. Klick!, machte es. Der Zeiger stand still. Das Ticken hörte auf.

Kasten zu! Schlüssel herumgedreht! Hastig legte er das Geld auf den Tisch. Flitzte hinaus. Klinkte die Tür zu. Und rannte wie ein Wiesel den Korridor entlang und die Treppe hinauf.

An diesem ungewöhnlichen Tag war er wahrhaftig der Erste in der Klasse.

„Aber wir haben doch noch Zeit, liebe Kollegen", sagte Direktor Doktor Hurz. Er war eben ins Lehrerzimmer gekommen und hatte flüchtig auf die elektrische Uhr gesehen. Einige der Lehrer, die schon hinauswollten, blieben stehen. Neben dem rundlichen und immer etwas schwer atmenden Direktor, dessen Jackett über dem Bauch spannte, stand ein junges, auffallend hübsches Fräulein. Es lächelte verlegen unter den vielen neugierigen Blicken.

„Ich möchte Ihnen unsre neue Kollegin vorstellen", sagte Doktor Hurz. „Fräulein Seidelbast wird heute bei uns ihren Dienst aufnehmen, nachdem sie das Studium mit Auszeichnung bestanden hat. Herzlichen Glückwunsch, liebe Kollegin! Ich finde es vorbildlich von Ihnen, dass Sie für den kranken Kollegen Biesler die 6a übernehmen wollen."

„Ach, du blaues Wunder", entfuhr es dem Zeichenlehrer Sydow, der eben auf seinen Zeichenblock ein Huhn nach dem anderen kritzelte. „Entschuldigen Sie nur, Kollege Direktor. Aber eine so unerfahrene Kollegin ausgerechnet zu dieser Bande in die 6a?“

„Über Disziplinfragen haben wir ausführlich gesprochen“, sagte Doktor Hurz. „Gerade das gefällt mir, dass die Kollegin Seidelbast davor nicht zurückschreckt. Übrigens hat die Kollegin Kühlewind zu meiner Freude mehr Pünktlichkeit in der Klasse erreicht. Und mit Pünktlichkeit fängt alle Disziplin an…“ – Er wurde unterbrochen. Frau Teubner hatte die Tür aufgerissen.

„Ja, aber… ist es nicht schon nach acht?“, sagte sie verwundert.

Lächelnd wies Doktor Hurz auf die elektrische Uhr. „Ihre Armbanduhr geht falsch, Kollegin Teubner. Verlassen Sie sich auf die Automatik. Wo waren wir stehen geblieben?“

„Bei der Disziplin“, antwortete Herr Sydow und kritzelte das siebente Huhn auf seinen Zeichenblock.

„Richtig. Es gibt da ein paar Jungs, die gern für Abwechslung und Unterhaltung sorgen. Besonders Oskar Siebenhüner…“

„Ach, du liebe Not“, unterbrach Frau Kühlewind ihn. „Ich hab es auch schon fünf nach acht. Und das ist Radiozeit!“

Endlich nestelte Doktor Hurz die eigene Taschenuhr hervor. „Ist denn das die Möglichkeit?“ Er verglich mit der automatischen Uhr. „Dabei haben wir den Kasten erst vorige Woche überprüfen lassen. Wenn man schon nicht alles selber macht.“

Während die aufgeschreckten Lehrer darüber stritten, wie sie ihr Zuspätkommen den Schülern erklären sollten, überfiel sie plötzlich der Lärm der Stundenklingel. Frau Teubner hatte auf den Klingelknopf gedrückt.

„Nur eine Sekunde.“ Der Direktor wandte sich an Fräulein Seidelbast. „Ich möchte Sie noch schnell über den Leistungsstand der Klasse informieren.“

Er ging mit ihr ins Sekretariat, um eine Aktenmappe zu holen und sah das Geld auf dem Schreibtisch liegen.

„Entschuldigen Sie, Kollegin Teubner“, sagte der korrekte Mann, „aber Geld würde ich nicht so offen herumliegen lassen.“

„Geld?“

Frau Teubner, den Schlüssel vom Uhrkasten noch in der Hand, zwinkerte heftig. „Jetzt ahne ich auch“, sagte sie, „wer uns den Streich mit der Uhr gespielt hat.“

„Was hat denn das mit dem Geld zu tun?“

„Es gehört Oskar Siebenhüner. Er war vorhin allein im Büro, als ich zum

Hausmeister hinüber musste. Und der Schlüssel steckte im Uhrkasten. Immerhin, zuzutrauen wäre ihm das, diesem Bengel."

„Da haben Sie es, Kollegin Seidelbast", meinte der Direktor. „Ich hoffe, Sie lassen sich dadurch nicht gleich ins Bockshorn jagen?"

„Keine Bange", antwortete sie. „Ich weiß schon, wie ich mit den Burschen fertig werde."

Ein Fräulein mit Pfiff

Inzwischen war die eifrige Frau Kühlewind, ermuntert durch das Lob des Direktors, zu ihrer Klasse hinaufgeeilt. Trotz Verspätung wollte sie nicht darauf verzichten, die neue Kollegin mit einem fröhlichen Lied ihrer Schüler zu begrüßen.

Doch als sie die Tür öffnete, saß allein ein Junge brav auf seinem Platz. Und dieses Musterexemplar an Pünktlichkeit war kein anderer als Oskar Siebenhüner!

Ums Haar hätte sich die Lehrerin bei dem Lauser wegen ihres Zuspätkommens entschuldigt. „Du?“, fragte sie, als sehe sie nicht richtig. „Ausgerechnet du? Wo sind denn die anderen alle?“

„Die stehen noch unten.“

„So. Und du allein bist pünktlich. Ausgerechnet heute, wo sich sogar die Lehrer verspätet haben?“

„Macht nichts“, entgegnete Oskar großzügig. „Passiert mir manchmal auch.“

Frau Kühlewind hatte schon eine deftige Antwort parat, da strömten lärmend die anderen Schüler in die Klasse. Vergeblich wartete sie darauf, dass Ruhe einkehrte. „Seid endlich still“, rief sie. „Hört ihr nicht? Heute wollen wir mit einem Lied zur Begrüßung…“

Da erschien Frau Teubner in der Tür. „Sofort mit dem Unterricht beginnen“, rief sie. „Anordnung vom Direktor.“

Frau Kühlewind sah auf ihre Uhr. Es war bereits neun Minuten nach acht. Schließlich ging sie wortlos hinaus und zur Klasse 5b, wo heute Musikunterricht auf dem Stundenplan stand.

„Haste gehört, Ossi? Es wird doch gesungen“, quietschte Dolly. Eben hatte Oskar großmäulig behauptet, dafür gesorgt zu haben, dass der Morgengesang ausfiel.

„Oskar“, stachelte Konrad Pietsch, stets zu jeder Schandtat bereit, „machste heute wieder so ’n rasanten Triller? Wir jubeln noch einmal ‚Horch, wer kommt von draußen rein‘. Ja?“

Ein paar Übermütige versuchten schon jetzt, auf zwei Fingern zu pfeifen.

„Lasst doch den Blödsinn“, warnte der kleine Rainer Lemmle. Er hatte heute den Ordnungsdienst übernommen und war Gruppenratsvorsitzender in der Klasse. „Ihr wisst doch, Frau Kühlewind kann es nicht leiden. He! Hört auf zu pfeifen, sag ich. Wir singen…“

Doch gegen das Pfeifkonzert konnte sich der schmale Junge mit seiner piepsigen Stimme nicht durchsetzen. Böse ging er an die Wandtafel und schrieb: Wir singen die Lorelei.

„Also gut", rief Oskar überraschend. „Heute wird nicht gepfiffen."

Der Lärm ließ nach. Die Pfeifer machten enttäuschte Gesichter. Und der kleine Lemmle atmete schon auf.

„Heute wird geheult", bestimmte Oskar.

„Geheult?" Otto Brösel, der seinen Platz neben Oskar hatte, schluchzte probeweise schon mal aus Leibeskräften.

„Passt auf", sagte Oskar. „Bei der Strophe, wo's den Schiffer im Kahn mit wildem Weh ergreift, mach ich dazu ein Windgeheul, dass der Kahn bloß so schaukelt."

Schon setzte ein Heulen ein, dass dem armen Rainer angst und bange wurde. Er stand hilflos vor der Wandtafel und zog ein Gesicht, als wollte auch er gleich losheulen.

In diesem Augenblick ging die Tür auf. Blitzschnell rutschte Oskar unter die Bank, um nachher den schwankenden Kahn von unten her mächtig anzublasen. Er beulte bereits die Backen und spitzte den Mund.

Doch als sich der Lärm gelegt hatte und Rainer aufgeregt seine Meldung schnatterte, kam es Oskar über den Bänken verdächtig windstill vor. Umsonst wartete er auf den forschen Einsatz des kühlen Windes. Stattdessen hörte er eine fremde, freundliche Stimme, die sagte: „Mein Name ist Seidelbast. Ich bin eure neue Klassenlehrerin. Wir werden uns hoffentlich gut vertragen. Bitte setzt euch."

Da ließ Oskar, noch immer unter der Bank, die angestaute Luft ungenutzt wieder ab. Und während sich die anderen geräuschvoll setzten, tauchte sein neugieriger Kopf vorsichtig auf.

Seine erstaunten Augen begegneten denen der jungen, vergnügt lachenden Lehrerin. Und das verwirrte ihn so, dass sein Kopf sofort wieder verschwand.

„Nanu?", hörte er Fräulein Seidelbast sagen. „Da hab ich wohl einen von euch so erschreckt, dass er sich neben die Bank gesetzt hat?"

Unter dem Gelächter der Klasse kam Oskar endlich mit rotem Kopf hoch. Er kramte geschäftig in seiner Büchertasche und wünschte sich insgeheim, dass sie ihn möglichst unbehelligt ließe.

Und Fräulein Seidelbast tat ihm auch den Gefallen.

„Wie wäre es denn", sagte sie, „wenn jeder von euch mir seinen Namen nennt? Fangen wir gleich vorn an. Bitte!"

Dolly stand zuerst auf, strich ihren Pulli glatt und näselte: „Ich bin Dolly Heikenroth."

Dann war Irmchen Münch an der Reihe.

Seltsam, je näher die Vorstellung auf Oskar zukam, umso unruhiger rutschte er auf der Bank hin und her. Nein, auf so eine Überraschung war er wirklich nicht gefasst gewesen. Beinahe tat es ihm leid, dass sich die neue Lehrerin seinetwegen verspätet hatte. Ja, er fand sie einfach kernig. Und was noch merkwürdiger war: Sooft ihn die Augen des jungen Fräuleins in dem hübschen Kleid streiften, spürte er den ungewöhnlichen Wunsch, sein struppiges Äußeres möglichst frisch zu tapezieren.

Vorsichtig, damit Otto neben ihm nichts merkte, versuchte er unter der Bank, wenigstens die schmutzigen Fingernägel sauber zu kratzen. Dann putzte er sich – wie gut, dass er ein Taschentuch mit hatte – die Nase. Und während ihm sein Freund hinter vorgehaltener Hand irgendeine Albernheit zuflüsterte, ertappte sich Oskar dabei, wie er in Gedanken ihren Namen weich und zärtlich aussprach. Seidelbast. Das klang wie eine schöne Blume…

„Und wie heißt du?" Sie stand neben ihm. Und das machte ihm mächtig zu schaffen. Mit verstörtem Gesicht räkelte er sich hoch und nuschelte eilig seinen Namen. Es klang ungefähr wie: Oskasimüner. Und schon saß er wieder.

„Wie bitte?", fragte das schöne Fräulein und blieb stehen.

Oskar schluckte tapfer seinen Ärger hinunter und stand noch einmal auf.

„Sibnüner." – Wupp! Jetzt wäre er doch beinah wieder unter die Bank gerutscht. Warum sie nicht endlich weiterging! Wütend stieß er Otto an, damit der aufstehe und ihn erlöse.

Doch Otto feixte nur und blieb sitzen.

„Siebmüller?", fragte Fräulein Seidelbast. „Du musst langsamer sprechen. Vor- und Zunamen deutlich trennen."

Oskar blieb stumm.

„Also?"

Da verlor er die Geduld. Wütend sprang er auf und schmetterte wie eine Fanfare: „Ich nenne mich Oskar Sie-ben-hü-nerr!"

Und weil er es rings um sich kichern und glucksen hörte, setzte er boshaft hinzu: „Wie sieben Hühner. Hinten ohne Ha und vorneweg Oskar."

So, dachte er. Jetzt wird sie wohl zufrieden sein.

Aber schon, als er sich setzte, reute es ihn, so ruppig gewesen zu sein. Wie erschrocken sie zurückgefahren war! Warum musste sie aber auch darauf bestehen, dass er gleich dreimal seinen komischen Namen nannte?

Natürlich hatten seine Freunde wieder mal ihren Jux mit Oskar. Sie lachten verstohlen Beifall. Doch diesmal schien ihm das gar nicht recht zu sein. Er warf wütende Blicke um sich.

„Ruhe!", herrschte Fräulein Seidelbast die Lacher an. Augenblicklich wurde es still. Doch was kam jetzt?

Jetzt wird sie mir eine Standpauke halten, dachte Oskar. Ich wette! Er kreuzte burschikos die Arme über der Brust. Das war so eine Art Abwehrstellung bei ihm, über die sich Frau Kühlewind jedes Mal mächtig aufgeregt hatte. Nun?

„Ich verstehe nicht", sagte Fräulein Seidelbast, „weshalb ihr so albern lacht, wenn Oskar seinen Namen nennt." Sie sah ihn gar nicht unfreundlich an. „Als ob man sich den Namen aussuchen könnte, nicht wahr, Oskar?"

Oskar kam aus dem Staunen nicht heraus. Er spürte, wie ihm der Kopf heiß wurde. Nein, so einen freundlichen Ton hatte er ganz und gar nicht erwartet. Dass sie ihn wegen des Namens auch noch in Schutz nahm! Es war wie Balsam für seine empfindlichen Ohren. Entwaffnet ließ er die Arme sinken. Dankbar und auch ein bisschen unsicher lächelte er sie an.

Und das liebenswürdige Fräulein? Lächelte zurück.

Oskar kribbelte es wohlig auf der Haut. Wenn er jetzt allein gewesen wäre, hätte er vermutlich laut gejodelt oder Handstand gemacht. Aber vor den anderen wagte er nicht einmal den Kopf zu heben. Er nagte nervös an der Lippe.

Da hörte er sie etwas fragen, das ihn unwillkürlich zusammenzucken ließ. Obwohl es ganz beiläufig klang. „Warst du heute Morgen im Schulbüro, als die Klingeluhr stehen blieb?"

Oskar wurde blass. Es traf ihn wie ein Blitz aus strahlend blauem Himmel. Mit weichen Knien stand er auf.

„Ja", murmelte er. Und schon das eine Wort hörte sich an wie ein Schuldbekenntnis.

„Und?", fragte sie, ohne ihn aus den Augen zu lassen.

Oskar hielt die Luft an. Dann nahm er geistig einen gewagten Anlauf, um die Wahrheit doch noch zu überspringen. „Ich hab bloß das Essengeld abgegeben", stieß er viel zu hastig hervor. Und weil sie den Blick nicht von ihm ließ. „Wirklich!"

„Soso", sagte sie gedehnt. „Aber warum regst du dich auf? Ich hab nicht behauptet, dass du die Uhr angehalten hast, nicht wahr? Oder willst du mir vielleicht etwas…"

„Nein!", rief Oskar. „Ich war's nicht." Leider konnte er nicht verhindern, dass er puterrot wurde.

Sie sah ihn enttäuscht an. Oskar spürte das sehr deutlich. Wenn er jetzt mit ihr allein gewesen wäre, vielleicht hätte er die dumme Sache mit der Uhr sogar zugegeben. Aber so, vor allen anderen? Dann wäre er doch gar nicht mehr der freche Oskar. Nein, lieber alles leugnen. Beweisen konnte sie ihm nichts. Auch wenn sie jetzt noch so viel fragte – er würde stumm bleiben.

Von Fräulein Seidelbast jedoch kam kein Vorwurf, keine Frage, nichts! Sie wandte sich einfach von ihm ab. Und Oskar hätte befreit aufatmen können. Aber er sah immer noch aus, als wäre er öffentlich verprügelt worden.

„Wie heißt du?“ Jetzt kam Otto Brösel an die Reihe.

Otto aber war nicht umsonst Oskars Busenfreund und Bewunderer. Er hatte sich vorgenommen, Oskar an Kühnheit nicht nachzustehen und nun die Lacher auf seine Seite zu ziehen. Statt sich wie die anderen vorzustellen, zog er ein saures Gesicht und lispelte: „Ich muss mal.“ Worauf er sich an ihr vorbeidrücken und einfach hinausgehen wollte.

Doch Fräulein Seidelbast hielt ihn am Ärmel fest und versperrte ihm den Weg. Unbeeindruckt forderte sie: „Wie du heißt, möchte ich wissen.“

Otto stutzte. Solchen Widerstand war er nicht gewohnt. Was ihm bei Herrn Biesler und Frau Kühlewind jedes Mal gelungen war, musste auch bei der neuen Lehrerin möglich sein. Er trippelte komisch auf der Stelle und züngelte: „Ich muss aber ganß wirklich mal scharf rauß.“

Jetzt gluckste und kicherte es von allen Seiten. Und Otto meinte schon das Spiel gewonnen zu haben. „Es ist ganz eilig“, sagte er mit Nachdruck. „Darf ich jetzt?“

„Ich habe dich nach deinem Namen gefragt!“

Ui! Das klang nun gar nicht mehr freundlich. Eher schon wie eine ernste Warnung. Erschrocken verstummten sogar die lautesten Lacher. Und der verdatterte Otto schielte das Fräulein von unten herauf unsicher an. Aber ihr fordernder Blick ließ ihn nicht los.

Was tun?

Endlich gab er es auf und lispelte brav wie noch nie: „Otto Brößel.“

„Gut, Otto. Ich hoffe, auch wir werden uns gut vertragen.“

Otto sagte nichts dazu. Er zog es vor, sich zu setzen.

„Nanu? Ich denke, du musst dringend raus?“

Wie ein verbogenes Fragezeichen drehte sich Otto nach ihr um. Er brauchte doch gar nicht!

„In Zukunft erledigst du das natürlich vor oder nach der Stunde. Nicht wahr? Und jetzt geh. Auch wenn es gar nicht nötig sein sollte. Na, geh schon!“

Otto und Oskar wechselten einen vielsagenden Blick. Die grienenden Gesichter um sie her verrieten deutlich, wie sehr sie sich blamiert hatten. Schließlich stand Otto auf und latschte, vom ironischen Gelächter der anderen begleitet, ärgerlich hinaus. Sein unnötiger Gang aufs Klo glich einer Niederlage.

Die Vorstellung ging weiter.

Oskar aber ahnte bereits jetzt, dass der viel geschmähte „kühle Wind" gegen dieses Fräulein, zart und schön wie eine Blume, höchstens ein laues Lüftchen gewesen war.

Titus entdeckt ein Räubergeheimnis

An der Wohnungstür begrüßte Titus seinen Oskar wie immer mit freudigem Gekläff. Er sprang an ihm hoch und zerrte am Jackenärmel, sauste im Korridor hinter den alten Schrank und setzte erneut zum Sprung an. Doch Oskar schien nicht mal Lust zu einem Ringkampf zu haben. Er wehrte den Hund ab, stellte die Schultasche in die Ecke und ging in die Küche. Enttäuscht trottete Titus hinter ihm her.

„Du bist wohl zu nahe am Polizisten vorbeigegangen?“, fragte die Mutter, während sie das Mittagessen auftrug.

„Nö. Warum denn?“

„Weil du so ein lammfrommes Gesicht machst. Ist man gar nicht gewohnt bei dir. Guck ihn dir mal an, Titus. Sitzt er nicht da wie ein Trauerkloß? Dabei gibt’s heute Thüringer Klöße. Und Sauerbraten. He, Oskarius! Dein Leibgericht!“

Als ob er eben erst aufwachte, so sprang Oskar hoch, trabte gleich dreimal um den Tisch und bellte mit Titus um die Wette.

„Na also“, sagte Frau Siebenhüner. „Macht einen ja ganz kribbelig, wenn man dich so brav da hocken sieht.“

Oskar schmatzte nur so. Und als die Mutter nicht hinsah, warf er auch Titus ein Stückchen Braten ins hungrige Maul. Plötzlich kaute er maßvoll mit geschlossenem Mund und war mit tiefem Nachdenken beschäftigt.

Wieder musste er an den Vortrag der neuen Lehrerin über gutes Benehmen denken, den sie ihnen gleich nach der großen Pause gehalten hatte. Und das nur, weil Lydia Baum, diese Beatleschrulle, mit ihm auf dem Schulhof zusammengeraten war. Sagt die doch zu ihm: „Bist du krank, Ossi? Du siehst so brav aus.“ Und er zu ihr: „Fass dir mal an den Kopp und sage dreimal: Kürbis, gedeihe!“

Geschrei und Gejohle bei den Mädchen. Lydia zetert: „Hier wird er frech, aber vor Fräulein Seidelbast piepst er wie ein Küken.“

„Jetzt ist der Bock aber fett!“, hat Oskar sie angeschrien. „Lass ich mir doch von dir nicht sagen. Wenn Dummheit Pickel schlagen tät, sähst du aus wie ’n Streuselkuchen.“

Und Otto, den sie weniger angepflaumt hatte, legte auch gleich frisch los: „Knatterwanße, du! Wenn ich dich Zimtzicke bloß ßehe…“ Oh! Otto kam in Fahrt.

Plötzlich steht doch Fräulein Seidelbast vor den kreischenden Mädchen. Du liebes bisschen aber auch, hat sie sich aufgeregt! Wegen der paar Wörter, die wir abgefeuert haben, gleich so ’n Wind zu machen. Schon in der nächsten Stunde also hält sie uns eine gewalkte Rede über Kameradschaft, Schülerfreundschaft, gutes Benehmen und alles solche Dinge. Jetzt sollen wir uns für jedes Schimpfwort bei den Susen entschuldigen. Und wenn wir’s nicht machen, will sie mit unseren Eltern reden. Na, Mahlzeit! Papas Hand sitzt da verdammt locker.

„He, Oskar!“, sagte jetzt Frau Siebenhüner. „Bist du etwa eingeduselt?“

Beinahe hätte er sich vor Schreck verschluckt.

„Sag mal, Bürschchen...“ Die Mutter legte die Gabel neben den Teller und beobachtete ihn aus schmalen Augen. „Hast du etwa wieder was angestellt in der Schule?“

Wenn Oskar so etwas gefragt wurde, schüttelte sein Kopf meistens wie von selbst. Aber diesmal gab er wenigstens zu: „Wir hatten bloß bisschen Krach mit den Mädchen, der Otto und ich. Weil die uns madig machen wollten.“

„Und deswegen ziehst du so ein Gesicht? Du, ich sag dir, Frau Kühlewind braucht nur noch einmal über dich zu klagen!“

„Macht sie bestimmt nicht mehr, Mama.“

„Das hast du schon oft versprochen.“

„Aber diesmal stimmt’s.“

„Nimm die Gusche nicht so voll.“

„Weil sie nicht mehr Klassenlehrerin ist bei uns“, sagte Oskar und lachte.

„Oh, du Schlaukopf! Vielleicht ist die arme Frau im Gemüt erkrankt. Wäre wirklich kein Wunder bei euch Rasselbande. Ach, jetzt verstehe ich“, sagte sie nach einer Weile. „Da habt ihr wohl endlich ’nen energischen Mann als Lehrer gekriegt? Kann euch gar nicht schaden. Wie heißt er denn, der neue?“

„Ist gar kein Er, Mama.“

„Wieder eine Frau? Die Ärmste“, entfuhr es der Mutter.

„Ein Fräulein, Mama. Ein ganz junges.“

„Auch das noch! Kann einem jetzt schon leid tun.“

„Wer, sie?“

„Frag nicht so scheinheilig. Wer denn sonst?“

„Na, ich weiß nicht“, sagte Oskar und kratzte sich den Kopf. „So ist die aber nicht, wie du denkst. Eigentlich ganz anders. So...“ Wieder musste er an eine schöne Blume denken. Wie zu sich selber murmelte er: „Jammerschade, dass sie ausgerechnet Lehrerin geworden ist.“

Überrascht sah Frau Siebenhüner auf. Das klang ja beinah schwärmerisch. „Guckt euch unsern Oskar an“, rief sie. „Das Fräulein ist wohl dein Geschmack?“ Und dann lachte sie über sein verdutztes Gesicht.

Oskar wurde plötzlich sehr ärgerlich. „So ’n Quatsch“, schimpfte er und stieß Titus zurück, der einen neuen Happen haben wollte. „Die – und mein Geschmack? Da kicher ich bloß.“ Dabei lief er rot an wie eine Tomate. Und Frau Siebenhüner lachte noch ein bisschen mehr.

„Soll ich dir sagen, wie sie ist?“ Oskar stand auf, spitzte komisch den Mund und flötete: „Main Name ist Saidelbast. Bitte setzet oich!“ Er hockte sich mürrisch vor den Teller. „Siehste, so ist die. Spricht jeden Buchstaben mit und jedes Komma, glaubste?“

„Aber höre mal“, antwortete die Mutter und gab sich Mühe, ebenfalls ganz deutlich zu sprechen. „Da ist doch weiter überhaupt gar nichts dabei.“

„Na ja. Hört sich ganz putzig an bei ihr. Wenn sie bloß nicht so wild drauf wär, dass wir auch so akademisch beschlackert reden sollen. Da traut man sich ja nicht mal Stinkstiefel zu sagen. Oder Knatterwanze. Rein gar nichts mehr traut man sich bei der. Richtig feierlich geht das jetzt zu bei uns. Hättste mal erleben sollen, wie die uns angefaucht hat. Bloß weil ich zur Knüppelerna gesagt habe…“

„Zu wem?“

„Zur Lydia Baum hab ich gesagt…“

„Knüppelerna! Woher hast du bloß immer solche Ausdrücke?“

„Sagt doch jeder bei uns. Und weil mich die ein Küken gerufen hat, bin ich ihr eben pampig gekommen.“

„Dein Pampigwerden kenn ich. Was ist denn schon dabei, wenn dich das Mädel Küken nennt?“

Oskar antwortete nicht. Er schluckte schwer am letzten Bissen. Dann fragte er: „Mama, kannst du mir vielleicht sagen, warum wir ausgerechnet Siebenhüner heißen?“

„Komische Fragen hast du. Weil Papa so heißt.“

„Und warum heißt er so?“

„Jetzt mach mich nicht schwach mit der Fragerei, Junge.“

„Wer solche Namen erfunden hat, der muss doch 'n Knallfrosch verschluckt haben. Wie kann einer bloß auf Siebenhüner kommen!"

„Red nicht so. Es gibt eben so ulkige Namen. Unser Meister in der Werkstatt zum Beispiel, der heißt Waldemar Knusemann. Möchtest du etwa mit dem tauschen?"

Wenn er einverstanden wäre, sofort, dachte Oskar. Knusemann ist ja auch nicht gerade Luxus. Aber lange nicht so aufgeplustert wie das siebenschnäblige Federvieh.

„Oder denkst du vielleicht", sagte die Mutter, „die Kollegen lachen nicht, wenn mich einer ‚Sechshühner' oder ‚Achthähne' tituliert?"

„Nischt für ungut, Frau Neunküken. War ja bloß mal 'ne Frage."

Oskar stand auf, nahm die Hundeleine vom Haken und sagte zu Titus, der sich das Maul leckte: „Hoffentlich hat dir das Mahl gemundet, mein lieber Titulus? Nun wollen wir ein wenig das Sträßlein hinunterspazüren. Und dass du mir dabei schön deutlich bellst!"

Titus knurrte ihn an wie einen Fremden, der malaiisch zu ihm sprach. Sonst hieß es nämlich immer nach dem Futtern: „Komm, Alter, an die Strippe. Gleich bring ich dich um die Ecke."

„Moment mal", sagte da die Mutter. „Wann willst du denn die Schularbeiten machen?"

„Aber darum geht es doch, Mama. Für morgen soll jeder ein Gedicht lernen, hat Madam Seidelbast gesagt. Eins, das ihm besonders gefällt. Da will sie nämlich unsern Charakter kennenlernen. Komisch, was? Ausgerechnet durch so 'n Gedicht."

„Kann dir gar nicht schaden, wenn du über deinen Charakter nachdenkst. Hast du schon ein Gedicht?"

„Eben nicht. Deswegen will ich schnell mal zu Otto rüberrutschen. Denn seine Schwester hat solche Bücher."

„Aber dass du mir nicht erst zurück bist, wenn ich von der Mittagsschicht komme, du Stromer."

Oskar nahm Haltung an. „Stromer Siebenkrähe meldet sich ab auf Gedichtsuche. Marsch, Titus!"

Und schon fegten die beiden die Treppe hinunter.

Es war herrliches Frühlingswetter, als Oskar mit Titus die lange Püstelstraße quer durch die kleine Stadt Havelau zockelte. An so einem schönen Tag wäre er lieber mit Otto zum nahen Havelufer gegangen. Neulich hatte ein Feriengast Otto und ihn auf seinem Motorboot mitgenommen. Dabei waren sie in einem der vielen Havelseen auf eine kleine Insel gestoßen, die offenbar unbewohnt war. Seitdem saßen die beiden oft unten an der Dampferanlegestelle und bauten an einem abenteuerlichen Plan, wie sie das Inselchen erobern könnten. Das wäre doch endlich mal eine Abwechslung in dem langweiligen Havelau. Wenn Jen mitmachte und Dolly – die beiden hatten nämlich Boote –, würden sie sich dort ein tolles Versteck einrichten. Oder sogar eine kleine Hütte bauen? Aber Dolly und Jen trauten sich nicht, die Boote ihrer Eltern bloß für einen Tag ohne Erlaubnis zu nehmen, diese Angsthasen.

Doch heute schien Oskar andere Sorgen zu haben.

„Jetzt mach mal 'ne Lauer“, sagte er zu Titus. Der hob sofort den Kopf und spitzte die Ohren. Das tat er übrigens immer, sobald Oskar „eine Lauer“ zu machen befahl. Es hieß soviel wie: Hör zu! Und Titus hörte gern zu. Jedenfalls behauptete Oskar das von ihm.

Manchmal knurrte er freilich. Zum Beispiel, wenn Oskar zu lange quasselte. Es kam auch vor, dass er seinem Herrn ins Hosenbein biss. Doch Oskar hielt alles, was Titus auch anstellen mochte, für eine Art Hundeantwort. Im Übrigen war Titus für ihn ungefähr das, was für andere ein Tagebuch war. Ihm vertraute er sogar seine geheimsten Sorgen an.

„Eigentlich hätt ich ja so 'n Gedicht“, erzählte Oskar. „Ich brauche bloß das zu nehmen, was auf dem Bild steht, das Papa der Mama zur Hochzeit geschenkt hat. Das im Wohnzimmer, weißte?

Du bist wie eine Blume,
so hold und schön und rein;
ich schau dich an, und Wehmut
schleicht mir ins Herz hinein.

So geht das. Und es wär auch das Richtige für Fräulein Seidelbast. Aber wenn das die Susen in der Klasse hören, denken die noch… Na ja, du verstehst. Geht also nicht. Außerdem, Otto, Jen und Dolly, die warten doch bloß drauf, dass ich unsrem neuen Fräulein mal 'ne richtige Nuss zu knacken gebe. Aber so ist die leider nicht, dass man sie ärgern möchte. Du, Titus, sie ist einfach in Ordnung. Aber nicht weitersagen, Alter! Sonst denken die Zickentiroler noch, Oskar hat 'n Stich hinterm Pony.“

Titus begann leise zu knurren. Und Oskar hielt das für eine Sympathiekundgebung. „Wenn die meine Schwester wäre“, schwärmte er, „der tät ich sonntags immer meinen Pudding schenken, glaubste? Sie dürfte sogar dich abends um die Ecke bringen. Hätt'ste was dagegen, Alter?“

Jetzt knurrte Titus schon lauter.

„Wusst ich doch, dass sie dir gefällt. Aber warum sie bloß so wild drauf ist, dass wir geschniegelt reden sollen? Passt doch gar nicht zu Oskar, Alter."

Titus fletschte die Zähne.

„Na, siehste. Geht also auch nicht. Kann nämlich leicht passieren, dass uns Seidelschnürchen bald auf der Nase rumtanzt. So wie heute Morgen. Und das wäre eine – na?"

Titus gebärdete sich immer aufgeregter.

„Hast recht, eine Katastrophe wäre das. Und deswegen müssen wir eben mit Otto bekakeln, wie wir am besten..."

Plötzlich zerrte Titus heftig an der Leine und kläffte. Und erst jetzt erkannte Oskar, wem das galt.

Ein alter Mann war mit seinem Handwagen aus der Mauergasse in die Püstelstraße eingebogen. Böse sah er sich nach dem Hund um. Oskar erschrak, als er dem Mann ins Gesicht blickte. Er hatte eine rote, dicke Nase und blaue Flecke unter den stechenden Augen. In seinem dunkelbärtigen Gesicht hing eine gebogene Pfeife. Und auf dem Kopf saß ein verbeulter Schlapphut. So einem verwegen aussehenden Mann war Oskar in Havelau noch nie begegnet.

„Kusch dich!“, kommandierte er und stemmte sich gegen den kläffenden Hund. Endlich zog der Alte sein Kärrchen weiter.

„Du musst doch denken, der Mond hat Speichen“, schimpfte Oskar auf Titus ein. „Oder glaubste vielleicht, das ist ’n Räuber? Die gibt’s bei uns bloß noch auf’m Karneval, du Nase. Hör lieber zu. Ist nämlich ’ne schwierige Kiste für mich und Otto. Wenn wir Fräulein Seidelbast nicht bald…“

Da hatte sich Titus losgerissen und fegte wie besessen hinter dem quietschenden Handwagen her. Und noch ehe Oskar ihn zurückpfeifen konnte, hatte er ein Buch im Maul, das eben vom Wagen gefallen war. Mit Windeseile kam er damit zurück und legte es Oskar wie einen erjagten Hasen zu Füßen.

„Was soll ich ’n damit?“, knurrte Oskar und hob das Buch auf. Nahe besehen, war es eigentlich kein Buch. Eher eine alte Schwarte. Oskar wollte sie schon wegwerfen. Doch als er den Titel las, wurde er stutzig. Was stand da?

DIE RÄUBERSPRACHE
DES GROSSEN BANDITEN ABÄLLINO

Eine Räubersprache? Eine gedruckte Räubersprache? Verdutzt starrte Oskar dem alten Mann nach. Der blieb augenblicklich stehen, um sich die Pfeife neu anzustecken. Und da war es Oskar, als habe er den Banditen Abällino vor sich! Ja, genauso stellte er sich einen Räuber vor. Auch wenn ihm jemand gesagt hätte, dass er einen harmlosen Rentner oder den Nachtwächter von Posemuckel vor sich habe – für Oskar war der Mann ein Räuber! Wer das nicht versteht, dem ist eben nicht zu helfen.

Da stand er nun mitten im friedlichen Städtchen Havelau und hielt eine gedruckte Räubersprache in der Hand. Zum Glück schien Herr Abällino den Verlust noch nicht gemerkt zu haben.

Oskar stellte sich Ottos verblüfftes Gesicht vor, wenn er ihm das Buch unter die Nase hielt. Himmel, wäre das ein Spaß! Und wenn sie sich morgen in der Schule wie zwei waschechte Räuber unterhielten? Madam Seidelbast würde nicht mal ahnen, was für verwegene Pläne sie gerade bequasselten.

Die Vorstellung begeisterte ihn so, dass er am liebsten sofort losgerannt wäre. Aber durfte er das Buch einfach behalten? Es ist ja nur eine alte Schwarte, redete er sich zu. Sollte er vielleicht zu dem Mann gehen und sagen: Sie haben eben Ihre Sprache verloren, Herr Räuber? Da lachen ja die Hühner, dachte Oskar Siebenhüner.

Plötzlich war ihm, als blinzelte Abällino ihm zu. Oder hatte ihn der Pfeifenqualm in die Augen gezwickt?

„Was machen wir bloß?“, fragte er Titus. „He, Alter!“

Titus zerrte wieder heftig an der Leine. Und Oskar hielt das für einen brauchbaren Hinweis. Wie von der Tarantel gestochen sauste er jetzt über die Straße und verschwand in der nächsten Seitengasse. Titus hatte Mühe, mit seinen kurzen Beinen so schnell zu folgen.

Der alte Mann aber schielte den beiden kopfschüttelnd nach. Dann zerrte er seinen Quietschwagen vor das nächste Hoftor. Und an dem hing ein Schild:

PAUL SCHIPPKO – LUMPEN UND ALTPAPIER

Abällinisches

Während dieser Zeit saß der spitznäsige Otto in seinem Zimmer und beugte sich über ein paar Gedichtbände.

Natürlich ahnte er nicht, dass Oskar und Titus in diesem Augenblick durch Havelau jagten, als ob eine ganze Räuberbande und des Teufels Großmutter hinter ihnen her wären. Aber es sah dennoch ganz danach aus, als fühlte sich auch Otto verfolgt. Wenn schon nicht von Räubern, so doch von Dichtern.

Schiller, Lessing, Goethe, Becher, Brecht… Er blätterte hier, las dort, schob das Buch stöhnend beiseite, griff zum nächsten, stöhnte wieder…

Da haben wir uns ja einen schönen Tausch mit der neuen Lehrerin eingehandelt, dachte er. Nicht genug, dass sie mich vor den anderen blamiert hat. Noch nicht genug, dass sie weiß, wie ich mit der Zunge anstoße. Jetzt will sie auch noch ein Gedicht hören, wo ausgerechnet was über meinen Charakter vorkommt?

Überhaupt – Charakter? Was Genaues ist das doch auch nicht. Ich brauche bloß mal meiner Mutter sagen, dass ich Oskar nicht warten lassen darf, weil er sonst wütend wird. Schon geht's los: Immer wieder Oskar, Oskar! Und was willst du? Wer immer nur macht, was andere wollen, der hat auch keinen eigenen Charakter.

Und was Vati sagt, wenn ich probeweise mal andrer Meinung bin als der kühle Wind? Tu gefälligst, was die Lehrerin sagt!

Da soll man nun zu einem eigenen Charakter kommen.

Wenn ich's könnte, tät ich am liebsten selber so 'n Gedicht machen. Eins, in dem giftiges Unkraut vorkommt. Im Lexikon hab ich gelesen, dass Seidelbast eine Giftpflanze ist. Ob Regine mir dabei hilft? Aber die regt sich ja schon auf, wenn ich in ihren Büchern mal nach einem spannenden Krimi suche. Das ist nichts für kleine Jungs, keift sie gleich. Steck deine Nase lieber ins Lesebuch.

Wenn ich das schon höre! Soll ich morgen vielleicht die albernen Verse von der „Plaudertasche“ aufsagen?

Du liebes Plappermäulchen,
bedenk dich erst ein Weilchen…

Das ist eher was für einen Milchreisbubi wie Rainer, aber doch nicht für mich. Oder soll ich etwa das hier nehmen?

Es war, als hätt der Himmel
die Erde still geküsst...

Geküsst! Noch dazu, wo ich so mit der Zunge anstoße.

Er blätterte, stöhnte und suchte weiter. Endlich fand er ein Gedicht, das ihn seltsamerweise an Oskar erinnerte. Dabei hieß es DER HAHN und ging so:

...blaugeschwänzter Sporenträger,
steht er funkelnd auf dem Mist.
Der erfahrne Würmerjäger,
sausendschneller Schnabelschläger,
der er ist,
der mit Lust die roten Ringelleiber frisst...

Otto krähte schon vor heimlichem Vergnügen. Da würde Fräulein Seidelbast aber Augen machen, wenn sich Oskar Siebenhüner plötzlich als blaugeschwänzter Gockelhahn entpuppte. Kikerikiii!

Wie ging's denn weiter?

Und nun spannt er seine Kehle,
schwellt die Brust im Zorn;
schallend tönt das Räuberhorn...

Otto stutzte. Ihm war tatsächlich so, als trompetete im Treppenhaus so was wie ein Räuberhorn. Horch!

„Kuruwutschuu!", tönte es dumpf. Dann kläffte ein Hund. Jetzt klingelte es draußen im Sturm.

Kaum hatte Otto die Tür aufgemacht, da brachen Oskar und Titus mit Gebrüll und Gekläff in seine stille Dichterstunde ein. Sie gebärdeten sich wahrhaftig, als wären sie einem Räuberhaufen entsprungen.

Otto kam überhaupt nicht zu Wort. Immerzu ließ Oskar das schaurige Räuberhorn erschallen.

„Kuruwutschuu! Weißte überhaupt, was das heißt? Du, das ist 'n richtiger Räubergruß. Glaubste wohl nicht? Guck her, da steht's!" Er zog die Abällino-Schwarte aus der Tasche und hielt sie Otto triumphierend unter die Nase. Und der las:

KURUWUTSCHU! Mit diesem Ruf empfing der berühmte Räuberhauptmann Abällino seine Diebesbande nach einem gelungenen Gaunerstreich. Es bedeutete soviel wie

SEID GEGRÜSST, KANAILLEN!

„Na? Was sagste jetzt?"

„Kuruwutßuu!", brüllte nun auch Otto und schlug seinem Freund ausgelassen auf die Schulter. „Ein Räuberbuch? Ein richtiges Räuberbuch? Woher hast du 'n das?"

Oskar legte los. Aus dem harmlosen Lumpensammler wurde ein gefährlicher Bandit, der gerade seine Diebesbeute in Sicherheit bringen wollte. Und aus Oskar wurde ein raffinierter Detektiv, der dem Buschklepper unter Lebensgefahr das geheimnisvolle Buch abgeluchst hatte.

„...der knirschte bloß so mit den schwarzen Zähnen, sag ich dir! Weil wir ihm die Sprache geklaut haben, verstehste? Stell dir vor: Titus schnappt zu, hat das Buch, zischt ab. Ich hinterher. Der Mann auch. Ich kurve nach links..."

Na, und die tollkühnen Haken erst, die sie schlagen mussten, um den wutschäumenden Verfolger abzuschütteln! „Du, das war aufregender als zwei Krimis auf einmal, glaubste?"

Otto hörte zwar geduldig zu. Aber er glaubte kein Wort. Was ihm Oskar da auftischen wollte, hörte sich doch reichlich abällinisch an. Außerdem kannte Otto Oskars Anglerlatein zur Genüge. Aber immerhin, so eine Räubersprache, wenn man sie schwarz auf weiß besaß, war schon eine tolle Sache.

Der erfinderische Oskar rückte auch bald mit einer Idee heraus, wie sie das Abällinische als Geheimcode für Fräulein Seidelbasts schimpfwortempfindliche Ohren gebrauchen könnten.

„Wir reden eben bloß noch abällinisch, wenn wir schimpfen. Da kannste sagen, was du willst. In der Räubersprache versteht sie's ja doch nicht."

Otto strahlte wie ein Vollmond.

Eine Sorge waren sie jedenfalls los. „Die wird denken, wir sind akademisch beschlackert, glaubste?"

„Aber machen kann sie nichts", versicherte Oskar. „Höchstens komisch gucken. Auf abällinisch darfste sogar zur Knüppelerna Gewitterhexe sagen. Oder achtmotorige Kellerwanze. Oder Kuhschwanzpilot..."

Otto antwortete mit schallendem Gelächter. Dann begann er gleich mit der Übersetzung.

„Für Gewitter musste Dumpluck sagen. Und für Hexe? Warte..." Er blätterte weiter. „Ich hab's! Hexe heißt beim Abällino Zustel. Stell dir vor, ich sage zur Knüppelerna: Dumpluckßustel, du!"

Sie wollten sich ausschütten vor Lachen. Doch dann krauste Otto nachdenklich die Nase.

„Ist was?"

„Na ja. Wenn die Lydia aber gar nicht weiß, was Dumpluckßustel überhaupt ist? Die kann ja nicht abällinisch."

Oskar musste ihm recht geben. Dann machte die Sache nur halb so viel Spaß. Er dachte angestrengt nach.

„Weißte, was wir machen?", rief er endlich.

Otto war bereits auf eine neue Bombenidee gefasst, und da kam sie auch schon: „Wir machen auf unsrer Insel einen Räuberklub! Jeder, der mitmachen will, muss abällinisch lernen. Na? Ich bin Abällino, also der Vorsitzende, klar. Du bist Falkenauge und mein Stellvertreter."

Otto war sofort einverstanden. „Große Klasse!", rief er. „Aber wo kriegen wir 'n Boot her? Das ist doch der Haken."

„Abwarten! Da macht Jen bestimmt mit. Und der hat 'n Boot, wenn er will. Vielleicht Dolly auch. Die kann sogar 'n Zelt mitbringen. Mann, Otto, stell dir vor, wir sitzen abends um das Räuberlagerfeuer…"

Und während Oskar ihr künftiges Räuberleben in den kräftigsten Farben ausmalte, saß Otto über dem abällinischen Wörterbuch und drechselte mühsam mit holpriger Zunge die Begleitmusik: „Kiurappto tßo krißt-schi piutßchi birr hißscha humm…"

Das war vielleicht ein zungenbrecherischer Wortsalat, den sich Herr Abällino ausgedacht hatte. Doch was half's? Ohne Fleiß und Mühe konnte man heutzutage nicht mal ein anständiger Räuber werden, zum Kuckuck! Oder war vielleicht ein Buschklepper denkbar, der sich mit seinen Kumpanen im läppischen Havelauer Dialekt unterhielt?

„Glubsch mal, Abällino", zischelte Otto, „was Falkenauge entdeckt hat."

Abällino glubschte ins Räuberbuch und las: „Kräh-matsch."

„Krähmatsch. Richtig. Und was heißt Krähmatsch?"

„Rede, Falkenauge. Der Große Kuru hört."

„Gemacht, Großer Kuru. Also, hier steht: KRÄHMATSCH – bedeutet soviel wie Sturm. Oder auch kühler Wind."

„Kühler Wind? Kühlewind!"

Aus dem Großen Kuru wurde plötzlich ein alberner kleiner Junge. Er tänzelte im Zimmer herum und wollte sich schieflachen über ihre neue Entdeckung. Später fanden sie auch noch ein Räuberwort für Gesang. Es hieß GURGELI. Jetzt stand der Räubername für ihre Musiklehrerin fest. Gurgeli Krähmatsch. Gleich darauf hatte Otto herausgefunden, dass man für Unkraut abällinisch RÜPSEL sagte. Und für Gift: ÄTZIG. So wurde aus Fräulein Seidelbast eine Rüpsel Ätzig. Natürlich kamen jetzt auch noch die anderen Lehrer dran. Und selbst den Direktor tauften sie auf einen Räubernamen um.

Otto machte sich gleich daran, so etwas wie Visitenkarten mit den neuen Lehrernamen auszuschreiben. Morgen wollten sie die Karten in Umlauf setzen. Jetzt, wo ihr Ansehen durch Fräulein Seidelbast mächtig gelitten hatte, kam ihnen die Räuberidee gerade recht.

Oskar stolzierte wahrhaftig wie ein gespornter Hahn auf und ab. Und der schmächtige Otto, den ein Großer Kuru zu seinem Stellvertreter auserwählt hatte, verwandelte sich zusehends in einen verwegenen Buschklepper. Er strubbelte sich das Haar, zog die Jacke verkehrt rum an und kroch unter den Tisch wie in eine Räuberhöhle. Dort gab er fürchterliche Abällino-Laute von sich.

Natürlich wollte ihm der Große Kuru nicht nachstehen. Er raste mit grimmiger Miene fortwährend um den Tisch und schoss aus jeder Lage.

Sogar Titus geriet außer Rand und Band. Er fegte unters Bett, kam zähnefletschend hervorgeschossen und war mit einem Satz im Räubernest, wo er sich in Ottos Jackenfutter verbiss.

Als Oskar endlich einmal Luft schöpfte, hörte er Türgeräusche. Da verdrehte er komisch die Augen und zischelte: „Schupzalaplām!"

Das bedeutete, laut Abällino, Gefahr! Und im nächsten Augenblick saßen zwei artige Schüler am Tisch, blätterten in einem Gedichtband von Goethe und lasen wie aus einem Munde: „Über allen Gipfeln ist Ruh..."

„Nanu?" Herr Brösel sah überrascht zu ihnen herein. „War hier nicht eben fürchterlicher Lärm?"

Titus knurrte den Eindringling böse an.

„Kusch dich!", kommandierte Oskar und sah Herrn Brösel unschuldig an. „Titus spielt wieder mal verrückt."

„Aha, der Titus also. Ist das vielleicht ansteckend? Den armen Otto scheint es auch schon erwischt zu haben, wie?"

„Wiewießo m-mich?" Otto ließ den Räuberschmöker sicherheitshalber unter den Tisch gleiten.

„Seit wann ziehst du die Jacke verkehrt rum an?"

Otto stammelte etwas von Titus und Spaßmachen, während er hastig die Jacke umkrempelte. Oskar aber versuchte krampfhaft, den Abällino unterm Tisch möglichst außer Sichtweite zu schieben. Zum Glück wurde Herr Brösel durch die Gedichtbände auf dem Tisch abgelenkt.

„Ihr lest Goethe?", fragte er verwundert. „Wozu habt ihr denn Regines Bücher hergeschleppt?"

„Wir wir machen Schularbeiten, Vati", lispelte Otto. „Und daßu brauchen wir ein Gedicht."

„Ein Gedicht?“ Herr Brösel griff nach einem der Bücher. CHRISTIAN MORGENSTERN stand auf dem Umschlag. ALLE GALGENLIEDER.

„Wir sollen aber wirklich ein Gedicht lernen“, beteuerte Oskar. „Unsre neue Lehrerin hat das gesagt. Sie will nämlich unsern Charakter kennenlernen, wissen Sie?“

„Euern Charakter?“ Herr Brösel sah sich die beiden Jungen misstrauisch an. „Ihr wolltet doch wohl nicht euern Charakter zeigen, indem ihr in diesem Räuberaufzug eins von den Galgenliedern vortragt?“

Oskar und Otto schielten sich heimlich an. Galgenlieder? Das Buch wollten sie sich merken.

„Kommt überhaupt nicht in Frage“, sagte Ottos Vater und legte das Buch zurück. „Was soll denn eure Lehrerin von euch denken?“

„Dann eben ein anderes“, sagte Oskar. „Vielleicht eins von Goethe oder so?“

Und Otto fragte: „Weißt du keins für uns, Vati?“

Da lächelte Herr Brösel geschmeichelt. „Nun ja, als ich noch so jung und stürmisch war wie ihr, hab ich mich für den ‚Taucher‘ von Friedrich Schiller begeistert. Kennt ihr den? Das wäre doch das Richtige für euch.“

Und während Oskars Fuß unter dem Tisch Titus abwehrte, weil der eigensinnig nach dem Abällino schnappte, rezitierte Herr Brösel, von Jugenderinnerungen gepackt, mit Heldenstimme:

„Wer wagt es, Rittersmann oder Knapp‘,
zu tauchen in diesen Schlund?
Einen goldnen Becher werf ich hinab.
Verschlungen schon hat ihn der schwarze Mund…“

Erschrocken spürte Oskar, dass Titus immer zudringlicher wurde. Es half nichts. Er musste sich unter den Tisch gleiten lassen, wenn er den Abällino retten wollte.

„Wer den Becher kann wieder zeigen,
er mag ihn behalten, er ist sein…“

Da brach Herr Brösel ab und starrte auf Oskars leeren Stuhl.

„Nanu?“ Er bückte sich. „Bist du etwa schon nach dem Becher getaucht?“

„Auauau“, schrie Otto plötzlich los, so dass der Vater wieder aufsah. „Der Titus! Beinah hätt er mich ins Bein gebissen.“ Zugleich trat er Oskar auf die Hand! Komm rauf, du Nase!

Der hatte endlich das Buch aus Titus' Zähnen gezerrt. Nun tauchte er, wenn schon nicht mit goldnem Becher, so doch mit der Hundeleine auf.

„Immer muss das Biest stänkern", brummte er und setzte sich blitzschnell auf den geretteten Abällino. „Aber das Gedicht vom Taucher ist prima, Herr Brösel. Wie geht's denn weiter?"

„Ist das auch so ein langes wie das mit dem Handschuh?", fragte Otto misstrauisch.

Herr Brösel guckte wieder von einem zum anderen. „Wer sich dafür begeistert, dem ist es auch nicht zu lang", sagt er verschnupft. „Aber wenn ihr weiter nur Unsinn macht, werdet ihr's nie lernen. Jetzt ist Schluss damit, verstanden? Macht gefälligst eure Schularbeiten."

„Ja, Vati", antwortete Otto. Und Oskar nickte.

Kaum aber hatte sich die Tür hinter Herrn Brösel geschlossen, da tauchte der Abällino wieder auf. Und dann machten die Räuber auf ihre Art Schularbeiten, indem sie bei einem Räuberhauptmann in die Schule gingen.

Die Räuberschule

Am nächsten Morgen kamen Rainer und Poldi Kleinschmidt, den sie Jen nannten, als Erste auf den Schulhof. Doch als sie ihre Taschen unter die alte Linde vor dem Haupteingang stellen wollten, lehnten dort schon zwei am Baumstamm.

„Guck ämal, Rainer", sächselte Jen aus Markranstädt. „Da sind wohl zwee Biecherdaschen janz alleene in de Schule jeloofen?"

„Die eine kenn ich", meinte Rainer. „Die mit dem abgerissenen Griff gehört Oskar."

„Oskar? Gloob 'ch nich. So zeitig steht der nich uff. Heechstens, er hat se mit der Luftpost geschickt. Guck doch mal nach."

Kaum wollte Rainer die Tasche öffnen, da hörten sie ein drohendes Brüllen aus dem Baum.

„Kuruwutschuu!"

Und dann landete Oskar nach einem kühnen Sprung aus der Luft, vielmehr aus der Linde, neben ihnen. Im selben Augenblick echote ein zweites „Kuruwutschuu!" vom Schulhaus her. Da kam Otto wie der Wind aus dem Nebeneingang geflitzt.

„Salempe?“, fragte Oskar.

„Salempe poßte, Großer Kuru“, antwortete Otto und kniff ein Auge zu. Das hieß soviel wie: Hat geklappt!

„Schupzalapläm!“ Oskar legte den Finger auf den Mund.

„Sagt mal“, fragte Rainer, „habt ihr zum Frühstück vielleicht ausländische Briefmarken verschluckt?“

„Oder sie ham zu heeß gebadet“, bemerkte Jen trocken.

Inzwischen waren ein paar Mädchen, unter ihnen Dolly Heikenroth, herangekommen. Und jetzt hatten Oskar und Otto genügend Publikum, um mit einer hübsch ausgetüftelten Räubergeschichte herauszurücken. Sie wechselten noch ein paar gesalzene Räuberflüche auf abällinisch, bis die Mädchen neugierig wurden.

Dann legte Oskar los: „Wenn ich euch sage, was wir gestern auf unsrer Insel entdeckt haben, fallt ihr glatt um. Wetten?“

Sie blieben zwar stehen, aber auf einige machte die Spinnerei von Oskar und Otto immerhin Eindruck. Es war nämlich von einem richtigen Räuberversteck die Rede, das die beiden angeblich unter einer Steinplatte ausgegraben hatten.

„Ein ganz richtiges Räubernest?“, fragte Dolly und bekam rote Flecke auf ihrem runden Gesicht. „Wenn das wahr wäre!“

„Und was für eins“, züngelte Otto aufgeregt. „Mit ßoo langen Dolchen.“ Er bekam die Arme nicht weit genug auseinander. „Und mit alten Pistolen. Mit Masken und falschen Bärten und so. Und dann rostige Ketten…“ Mehr fiel ihm leider im Augenblick nicht ein. „… und alles“, setzte er hinzu.

„Kannste einem erzähl’n, der die Hose mit der Kneifzange anzieht“, sagte Jen und grinste. „Von wegen lange Dolche unter ’ner Steinplatte. Uff der kleenen Insel gibt’s überhaupt keene Steinplatten. Mein Bruder war schon oben. Da gibt’s bloß Schilf und Unkraut und Sträucher, hat er gesagt.“

„Alles Spinne“, sagte ein Junge. Andere lachten.

Oskar verschränkte wütend die Arme über der Brust. Warum musste Otto aber auch gleich so aufdrehen! Halb so lange Dolche wären genug gewesen. Und die Steinplatten hätten sie auch weglassen sollen.

„Auf unsrer Insel war dein Bruder aber nicht“, sagte er zu Jen. „Das ist eine ganz andere.“

Die Mädchen kicherten albern, anstatt sich vor den Räubern zu fürchten. Und Jen, auf den sie es doch besonders abgesehen hatten, weil sie mit seinem Boot rechneten, wollte auch noch einen dummen Jen-Witz daraus machen.

„Un da kam se mal an een Land,
wo se uff Räubernesder Jagd machten.
Un da fanden se bloß een', der wollte ihn' een' Bär'n uffbinden…"

Oskar guckte ihn drohend an. Da hörte Jen auf.

Plötzlich fragte der kleine Rainer: „Ist das die Rabeninsel, wo ihr wart?"

Oskar und Otto antworteten nicht. Mit dem Milchreisbubi wollten sie nichts zu tun haben.

„Wenn es die Rabeninsel ist“, sagte Rainer, „dann gibt's dort auch Steinplatten.“

Oskar horchte auf. „Na klar, auf der Rabeninsel“, behauptete er jetzt. „Hab ich doch gesagt.“

„Da soll'n Steinplatten sein?“, fragte Jen.

„Weil dort früher mal ein Ganggrab gewesen ist“, erzählte Rainer. „Mein Vater hat es im Heimatmuseum nachgebaut. Was ich euch sage! Das ist noch aus der Steinzeit oder aus der Bronzezeit übrig geblieben. Sogar Skelette von hockenden Toten haben sie dort gefunden. So wurden die damals begraben. Glaubt ihr wohl nicht? Ihr braucht sie euch bloß mal anzusehen im Museum. Kann schon sein, dass es auf der Rabeninsel noch ein zweites Grab gibt.“

Obwohl Rainer von Oskars Räubermärchen nichts hielt, wäre er doch gern dabei gewesen, wenn sie zur Räuberinsel fuhren. Da könnte er endlich mal beweisen, dass er von solchen Dingen viel mehr verstand als sie. Und dass er kein Milchreisbubi war.

Doch Oskar und Otto wollten nicht Altertumsforscher, sie wollten Räuber sein.

„Jedenfalls habt ihr gehört, dort sind Steinplatten“, sagte Oskar jetzt. „Glaubst du's endlich, Jen?“

Jen sagte nichts. Er war unsicher geworden. Oskar hielt seinen großen Augenblick für gekommen. Er zog die Abällinoschwarte aus der Tasche.

„Guck her! Jetzt biste platt, was? Das haben wir unter der Steinplatte ausgegraben, wenn du's wissen willst. Lag in 'ner alten Blechkiste. Jawoll! Ist 'ne richtige Räubersprache. Von einem berühmten Räuberhauptmann. Hier steht's.“

Jen guckte verblüfft auf die Schwarte. Und die anderen kamen neugierig näher. Oskar und Otto merkten sofort, dass sie mit dem Buch viel mehr Eindruck schindeten als mit dem erfundenen Versteck.

„Eine Räubersprache?“, sagte Dolly beinahe ehrfürchtig. „Hätt ich nie gedacht, dass es so was wirklich gibt.“

„Wie reden die denn?“, wollte ein Junge wissen, der Tüchler hieß.

Oskar gab bereitwillig ein paar Leckerbissen aus Abällinos Kauderwelsch zum Besten. Es tschirrte und kiutschippte und huamschte nur so um ihre Ohren.

„Und was heißt das?“, fragte Tüchler.

Aber das verrieten Oskar und Otto nicht. Es war ja gerade ihre Absicht, die anderen neugierig zu machen. Erst jetzt rückte Oskar mit seinem Vorschlag raus: „Passt auf. Wir gründen auf unsrer Insel einen richtigen Räuberklub.

Wer mitmachen will, kann dort die Räubersprache lernen. Ist natürlich geheim. Ehrensache! Aber Feiglinge können wir nicht brauchen."

Zu seiner großen Enttäuschung waren es nur Mädchen, die sich zuerst meldeten. Sogar Lydia Baum, die Knüppelerna, schien plötzlich ihr Räuberherz entdeckt zu haben. „Au fein!", rief sie. „Stell ich mir richtig romantisch vor. Spielen Räuber auch Federball? Da mach ich mit."

Und Irmchen Münch zwitscherte: „Meine Eltern borgen mir vielleicht die Campingmatratzen. Aber bloß, wenn meine kleine Schwester mitspielen darf."

Das war zu viel für den Großen Kuru! Womöglich kamen die Susen auch noch mit Püppchen an, was? Damit er und Falkenauge mit ihnen Babys Geburtstag oder Papa und Mama spielten? Er lachte verächtlich.

„So'n Räuberklub ist doch kein Kindergarten", schimpfte er. „Eiertanzen und Napfkuchen können zu Haus bleiben. Kerle brauchen wir. Richtige Kerle!"

„Schade", sagte Dolly beleidigt. „Ich hätte nämlich das Boot von meinen Eltern mitgebracht. Na, dann eben nicht."

„Quatsch", widersprach Oskar sofort. „Hab ich gesagt, dass du 'ne Eiertante bist? Ein Mädchen können wir brauchen."

„Aber bloß, wenn du Fische schuppen und am Spieß braten kannst", verlangte Otto.

„Wenn's weiter nichts ist", bemerkte Dolly schnippisch. „Ich hab gedacht, richtige Räuber essen Mäuseschwänze, fette Spinnen und Froschschenkel. Hab ich nämlich mal gelesen."

Alle lachten. Plötzlich fasste sich Alfons Tüchler an den Kopf. „Frösche!", rief er. „Mit Fröschen fing es an."

„Was fing mit Fröschen an?", wollte Oskar wissen.

„Mein Gedicht. Die Frösche quaken am Ufer... Ja, so ging das."

„Lass unß doch mit deinem Gedicht in Ruhe", lispelte Otto. „Wir wollen 'nen Räuberklub machen."

„Wieso?", fragte Jen ironisch. „Willste nachher etwa een Jedicht in der Räubersprache uffsagen?"

„Kannste haben", gab Otto frech zurück. Aber natürlich glaubte ihm das keiner. „Wetten?", rief er. „Ich mach's!"

Jen schielte ihn ungläubig an. „Wenn de dir das wagst", sagte er, „dann mach 'ch ooch mit in euerm komischen Klub."

„Ich auch", meldete sich Konrad Pietsch mit der Nickelbrille. „Aber bloß, wenn Oskar zuerst so 'n Räubergedicht aufsagt."

Jetzt fanden sich auch noch andere Jungs. Und Dolly dazu. Alle guckten Oskar herausfordernd an.

„Abwarten", sagte Oskar und grinste vielsagend.

„Traut er sich nie", hechelte Irmchen Münch.

„Wirst 's erleben."

„Räuber können ja gar nicht dichten", plapperte Eva Rüsch, die Kleinste unter den Mädchen. Dann versteckte sie sich hinter der Linde.

„Ich spreche nachher ein Gedicht, das man bloß sehn, aber nicht hören kann", behauptete Oskar kühn.

Sie wollten's ihm nicht glauben, aber Oskar brachte nur sein stereotypes „Abwarten" hervor. Wichtiger war ihm was anderes.

„Wer mitmachen will auf unsrer Insel, kommt heute um drei runter auf die Havelwiese. Dort bekakeln wir alles. Klar?"

Plötzlich zischelte Otto: „Schupzalapläm!" Er rollte wild mit den Augen. „Gurgeli Krähmatsch in Sicht."

„Was heeßt 'n das nu wieder?", fragte Jen.

Da stand schon Frau Kühlewind vor ihnen und hielt einen Zettel in der Hand. „Wer hat diesen Wisch an die Musikzimmertür geheftet? Antwort!"

Alle sahen sie erschrocken an. Und die kleine Eva plapperte unschuldig: „Wir waren doch noch gar nicht drin in der Schule." Nur Jen und Rainer ahnten jetzt, weshalb Otto vorhin so eilig aus dem Nebenausgang gekommen war. Die Musiklehrerin aber hatte nur Oskar im Blick.

„Ich kann mir schon denken, wer sich die Frechheit ausgedacht hat", sagte sie. Doch Oskar zuckte nur die Schultern.

„Also gut." Frau Kühlewind faltete den Zettel sorgfältig zusammen. „Bei der nächsten Elternversammlung bring ich das zur Sprache."

Um diese Zeit wollte Doktor Hurz, gutgelaunt und ein Liedchen vor sich hin trällernd, sein Dienstzimmer aufschließen. Da bemerkten seine weitsichtigen Augen einen großen Zettel an der Tür, wo sonst nur eine kleine Visitenkarte steckte. Verwundert setzte er die Lesebrille auf. Und da las er etwas, das sein Trällern augenblicklich verstummen ließ:

SCHULDIRECKTOR
KNOLLE WAMPSO

stand dort in fetten, ungeschickten Druckbuchstaben. Schon senkte sich ärgerlich sein kahler Schädel. Aber je länger der Blick auf dem Bauch ruhte, umso mehr verzog sich sein Mund zu einem versteckten Lächeln.

Diese Rasselbande, dachte er. Müssen mich ausgerechnet die Kerls daran erinnern, dass ich zu gut esse? Wird wirklich Zeit, dass ich wieder ein paar Safttage einlege, stimmt schon. Aber diesmal lasse ich das nicht ohne weiteres durchgehen. Wenn mich nicht alles täuscht, steckt wieder dieser Oskar…

„Guten Morgen, Doktor Hurz“, grüßte ihn freundlich jemand.

Es war Fräulein Seidelbast, die eben aus dem Sekretariat kam.

„Guten Morgen, Kollegin“, antwortete er. Und dabei zog er unwillkürlich den Bauch ein. „Sind Sie ganz sicher, dass ich Hurz heiße?“

Sie sah ihn irritiert an. „Wie sollten Sie denn sonst heißen?“

Da zeigte er stumm auf die Tür.

Fräulein Seidelbast, als sie den Zettel las, konnte noch rechtzeitig ein Kichern unterdrücken. Dafür schimpfte sie jetzt um so lauter: „Was für eine bodenlose Frechheit! Und Sie haben keine Ahnung, wer sich den üblen Scherz erlaubt hat?“

„Mehr als genug, um mir den Burschen vorzuknöpfen.“

„Welchen Burschen denn?“

„Denselben, der uns vermutlich gestern den Streich mit der Uhr gespielt hat.“

„Sie meinen Oskar Siebenhüner?“ Noch einmal las die Lehrerin das krakelige Wort SCHULDIRECKTOR. „Ich weiß nicht“, sagte sie, „aber ihm hätte ich wenigstens eine bessere Rechtschreibung zugetraut.“

„Nanu!“ Der Direktor atmete kurz. Die Weste über dem Bauch spannte sich wieder. „Wollen Sie den Schlingel etwa noch in Schutz nehmen?“

„Durchaus nicht. Ich versuche nur gerecht zu sein. Zugegeben, Oskar ist ein ruppiger Bengel. Aber ich frage mich, ob ihn die anderen nicht erst dazu gemacht haben.“

Seine Verblüffung wuchs. Bis jetzt kannte er keinen Kollegen, der auch nur ein entschuldigendes Wort für Oskar gefunden hätte.

„Das verstehe ich nicht“, sagte er.

„Wenn einer Siebenhüner heißt“, entgegnete sie, „und noch dazu einem gerupften Huhn nicht ganz unähnlich ist, so ein Junge hat es verdammt nicht leicht. Der setzt sich eben mit Frechheiten zur Wehr, wenn ihn die anderen verulken.“

Nachdenklich sah Doktor Hurz sie an. Im Grunde freute es ihn, dass sich die junge Kollegin für einen ihrer Schüler einsetzte. „Vielleicht haben Sie recht“, sagte er. „Aber diese Frechheiten müssen zumindest vor den Lehrern haltmachen. Es geht doch nicht an, dass er uns einfach zu spät zum Unterricht kommen lässt. Dabei hab ich ihm schon einmal ins Gewissen geredet, als er das dumme Schild an die Lehrertoilette gehängt hatte. Und jetzt erdreistet sich der Schlingel auch noch, mich mit diesem Namen zu verulken?“

Fräulein Seidelbast riss endlich den Zettel von der Tür. „Ich gebe ja zu, dass Oskar ein Raubein ist“, lenkte sie ein. „Aber könnte es nicht sein, dass er sich auf diese Weise nur Respekt vor den anderen verschaffen will? Leider kenne ich ihn zu wenig. Deshalb möchte ich Sie bitten, noch nichts wegen dieser Albernheit zu unternehmen, Kollege Direktor. Lassen Sie mir Zeit. Mit Strenge allein, fürchte ich, werden wir Oskar nicht ändern. Dafür hat er einen zu dicken Schädel."

„Nun ja, wenn Sie meinen? Ich weiß nur nicht, ob Sie mit Ihrer Engelsgeduld die Disziplin der Klasse bis zum nächsten Schuljahr verbessern werden. Dazu hatten Sie sich doch verpflichtet, nicht wahr?"

„Ja, das habe ich. Und ich werde diese Verpflichtung auch einlösen."

Damit ging sie. Und Doktor Hurz sah ihr lange nach. Wie sicher sie das gesagt hat, dachte er. Vermutlich weiß sie nicht, was für eine schwierige Aufgabe sie da übernommen hat.

Glücklicherweise lärmte gerade die Stundenklingel. Sonst hätte der Direktor hören können, wie Fräulein Seidelbast seufzte.

Ihre Heiterkeit kam erst wieder, als sie vor ihrer Klassentür stand und auf dem Türschild sah, dass man auch sie umgetauft hatte.

KLASSENLEHRERIN
RÜPSEL ÄTZIG

Rüpsel Ätzig? Klingt eigentlich ganz putzig, dachte sie. Jedenfalls freundlicher als Knolle Wampso. Wie war das damals, als ich noch die Schulbank drückte? Da hatten wir für unsere gestrenge Mathe-Lehrerin Dr. Lautenschläger den unfeinen Namen Pumpenschwengel erfunden. Dagegen hört sich doch Rüpsel Ätzig beinah liebenswürdig an, wie? Obwohl es auch ein bisschen giftig gemeint ist. Na, wartet!

Sie setzte ein möglichst strenges Gesicht auf, bevor sie die Klasse betrat. Wenn ihr unbedingt wollt, dachte sie, kann ich auch giftig sein.

Rüpsel Ätzig ist doch eine Giftpflanze

Es knisterte förmlich vor Neugier und Sensationslust, als Fräulein Seidelbast die Deutschstunde begann.

Natürlich erwarten die jetzt, dachte sie, dass ich lang und breit ein Verhör darüber anstelle, wer sich die albernen Namen ausgedacht hat. Dabei brauch ich mir bloß die spitzbübischen Gesichter von Oskar und Otto anzusehen.

Einer von beiden war es. Aber da werde ich sie enttäuschen müssen, diese Lauser. Zuerst kommt der Unterricht. Sie sollen sich nur nicht einbilden, dass es ihnen geschenkt wird!

„Ich seh schon, ihr könnt es gar nicht erwarten," deutlich sah sie, wie Oskar und Otto sich anstießen, „eure Gedichte vorzutragen. Hoffentlich seid ihr gut vorbereitet. Wer macht den Anfang?"

Viel hätte nicht gefehlt und Oskar und Otto hätten gegen solche Missachtung ihrer abällinischen Umtaufe protestiert. Das „Rüpsel Ätzig" an der Klassentür konnte sie doch unmöglich übersehen haben! Oskar vergaß sogar, dass er als Erster ein Räubergedicht vortragen wollte.

Zur Überraschung aller meldete sich Rainer Lemmle.

Oskar gewann allmählich seine Fassung wieder. Er lächelte geringschätzig, als Rainer an ihm vorbeiging. Was war von dem Milchreisbubi schon zu erwarten? Sicher ein paar Verse vom Blümlein auf der Au oder vom Kätzchen, das Fliegen fangen will.

„Was wirst du uns vortragen, Rainer?", fragte die Lehrerin.

Gestern hatte ihm sein Vater vorgeschlagen, ein Frühlingsgedicht zu lernen. Doch Rainer kannte ein anderes, das er nicht erst zu lernen brauchte. Nun stand er vorn und begann, Oskars und Ottos geringschätzigem Grinsen zum Trotz, mit blitzenden Augen:

„Nis Randers. Von Otto Ernst.
Krachen und Heulen und berstende Nacht.
Dunkel und Flammen in rasender Jagd –
Ein Schrei durch die Brandung!

Und brennt der Himmel, so sieht man's gut:
Ein Wrack auf der Sandbank! Noch wiegt es die Flut;
gleich holt sich's der Abgrund…"

In der Klasse gluckste und kicherte es nur so über Rainers ungewohnt feurige Stimme. Oskar und Otto schnitten alberne Grimassen. Sie gaben sich alle Mühe, den Milchreisbubi aus dem Konzept zu bringen.

Aber Rainer ließ sich nicht beirren. Sicher brachte er das Gedicht vom Seemann Nis Randers, der seinen schiffbrüchigen Bruder rettet, ans glückliche Ende.

„Ausgezeichnet, Rainer", lobte Fräulein Seidelbast. „Jetzt sag uns noch, weshalb du dir gerade dieses Gedicht ausgesucht hast."

Rainer glühte immer noch vor Begeisterung. „Weil ich später einmal zur See fahren möchte", antwortete er ohne zu zögern.

Wieder kicherten einige. Der Milchreisbubi will Seemann werden? Haha! Warum nicht gleich Admiral? Oder Seeräuber?

„Ich finde", sagte Fräulein Seidelbast, „Rainer hat mehr Mut bewiesen als manche Lacher unter euch. Wer so sicher und temperamentvoll vorträgt und sich von euren Albernheiten nicht ablenken lässt, dem trau ich auch zu, dass er mal ein mutiger Seemann wird."

Der kleine Rainer wurde zusehends ein Stückchen größer, als er auf seinen Platz zurückging.

Eigentlich wollte die Lehrerin als Nächsten ein Mädchen aufrufen. Obwohl sich Oskar beinahe den Arm ausrenkte. Da sah sie, dass Otto dauernd die Lippen bewegte. Wahrscheinlich übte er schnell noch mal, was er nur flüchtig gelernt hatte. Und Poldi Kleinschmidt hinter ihm flüsterte: „Trauste dir nicht..."

„Jetzt soll uns Otto sein Gedicht vortragen", bestimmte Fräulein Seidelbast.

Otto stand zögernd auf und ging nach vorn. Dabei kämpfte er immer noch mit der zweiten Strophe des Räubergedichts. Gestern hatte er es bis in die Nacht fleißig geübt. Und das nur, weil es der Große Kuru so wollte. Wenn das bloß gut geht, dachte er.

„Fang schon an", mahnte Fräulein Seidelbast. Otto nahm allen Räubermut zusammen und begann stockend und immerzu mit der Zunge anstoßend:

„Kroblock...lokwafßi? ßememem!
ßeiokronto prafli...liplo:
Biffßi, baffßi, bula...bulalemi:
quaßti, baßti bo.
Lalu lalu lalu lalu la!"

Er schwitzte vor Aufregung. Aber trotz aller Stotterei erntete er schon jetzt tolles Gelächter. Das gab ihm wieder frischen Mut. Und so wagte er sich auch noch an die zweite Strophe:

„Horntrau...Nein. Horntraruru muri...
Quatsch! Noch mal von vorn:
Horntraruru miromente
zaßku zeß rürü?" (Wie ging das bloß weiter!)
„Ente pente..." (Eine lange Pause.) „Ente..."

Da ließ ihn sein Gedicht im Stich. „Ende", sagte Fräulein Seidelbast trocken und lachte.

Die Klasse tobte. Aber mehr über Ottos belämmertes Gesicht als über sein Räubergedicht.

Wütend stieß er mit dem Fuß auf. „War ja auch zu Ende“, behauptete er.

„So schnell? Was war denn das für ein seltsames Gedicht?“

Otto sah die vielen neugierigen Gesichter auf sich gerichtet. Er wusste sofort, dass er jetzt zu seinem Wort stehen musste. Aber er zögerte.

„Nun?“

„Ein... Räubergedicht“, stieß er hervor. Und erschrak selber über seinen Mut.

„Ein Räubergedicht?“ Zu Ottos größter Überraschung lachte Fräulein Seidelbast plötzlich laut auf. Was sollte das heißen? Dann sagte sie zur Klasse: „Soll ich mal versuchen, ob ich es besser kann als Otto?“

„Geht ja gar nicht“, piepste die kleine Eva vorlaut, „weil es doch in der Räubersprache ist.“

„Aha! Hat er euch das erzählt? Na, dann will ich mich mal in der Räubersprache versuchen.“

Otto glaubte nicht richtig zu hören. Und die anderen guckten sie ungläubig an. Eine Lehrerin, die sich sogar in der Räubersprache auskennt? Nein, das gab es doch nicht.

Es war mucksmäuschenstill in der Klasse, als Fräulein Seidelbast tatsächlich begann:

„Das große Lalula

Kroklokwafzi? Semememi!
Seiokronto – prafliplo:
Bifzi, bafzi, bulalemi:
quasti basti bo.
Lalu lalu lalu lalu la!

Hontraruru miromente
zusku zes rü rü?
Ente-pente, leiolente
klekwapufzi lü?
Lalu lalu lalu lalu la!

Simarar kos malzipempu
silzuzankunkrei!
Marjomar dos: Quempu Lempu
Siri Suri sei!
Lalu lalu lalu lalu la!“

Jetzt gab es donnernden Applaus. Und Ottos Gesicht wurde noch ein bisschen länger, als es ohnehin schon war. Den Beifall hatte doch er einstecken wollen! Dass ihm Rüpsel Ätzig aber auch jeden Spaß vermasselte. Ihr fröhliches Lachen machte ihn so wütend, dass er am liebsten auf der Stelle rausgelalulatscht wäre.

Doch er war noch nicht entlassen.

„Na, Herr Räuberhauptmann?", fragte Fräulein Seidelbast. „Sag uns wenigstens, wer das ‚Große Lalula' geschrieben hat. Sonst glauben die anderen tatsächlich, es wäre ein Räubergedicht."

Ihm blieb aber auch nichts erspart. Beinahe hätte er wieder „ich muss mal" gesagt. Doch dann knurrte er wie ein bissiger Hund: „Christian Morgenstern."

„Richtig. Christian Morgenstern hat es in seinen ‚Galgenliedern' geschrieben. Aber das war kein Räuber, wie euch Otto weismachen wollte, sondern ein sehr bekannter Dichter. Nun ja, seine Galgenlieder sind nichts anderes als eine vergnügliche Alberei. Auch Dichter wollen mal ihren Spaß haben."

Sie wandte sich wieder an Otto. „Wenn man sich schon so ein zungenbrecherisches Gedicht aussucht, muss man es auch können."

Oh, die Blamage! Konnte er endlich gehen? Nein. Rüpsel Ätzig wurde noch ein bisschen giftiger.

„Ich glaube", sagte sie und lächelte niederträchtig, „Ottos Gestammel hat trotzdem etwas über seinen Charakter verraten."

Über meinen Charakter? Otto machte ein saures Gesicht.

„Dass er manchmal den Mund ein bisschen voll nimmt und nachher nicht halten kann, was er verspricht. Hab ich recht? Dein Vortrag, Otto, war eine glatte Fünf wert. Setz dich."

Wie ein Räuber sah er wirklich nicht aus, als er zu seinem Platz trabte.

„Na, Oskar?", fragte die Lehrerin. „Willst du uns etwa auch mit einem Räubergedicht überraschen? Dann komm vor."

Eigentlich hätte Oskar nach dem niederschmetternden Reinfall Ottos lieber darauf verzichtet. Aber dann wäre ihr Plan von einem Räuberklub endgültig begraben gewesen. Und das durfte nicht sein. Wie ein Mann stand er auf und ging nach vorn. Dort stellte er sich mit dem Rücken vor die Lehrerin. Er holte tief Luft, als wollte er ein gewaltiges Kuruwutschu! ertönen lassen…

Und doch kam kein Wort über seine Lippen. Er schloss den Mund zu einem Strich. Dann machte er eine Karpfenschnute und ließ das Kinn ein paar Mal herunterklappen. Danach schloss er den Mund wieder. Und so ging das noch ein Weilchen.

Bis Fräulein Seidelbast ungeduldig sagte: „Fang endlich an, Oskar. Oder hast du dein Gedicht auch nicht gelernt?“

„Na klar“, rief er. „Jetzt haben Sie mich bloß rausgebracht. Ich war schon bei der zweiten Strophe.“

In der Klasse johlte und tobte es nur so. Und Fräulein Seidelbast fiel es schwer, ihre Fassung zu behalten.

„Ruhe!“ Endlich wurden sie still.

„Was soll das heißen?“, fragte die Lehrerin streng.

„Mein Gedicht ist so, dass man es bloß sehn, aber nicht hören kann.“

„Nicht hören kann? Und diesen Unsinn soll ich dir glauben?“

„Ich kann's Ihnen ja mal zeigen.“ Tatsächlich, Oskar ging zu seiner Bank und holte ein Buch. CHRISTIAN MORGENSTERN – ALLE GALGENLIEDER stand auf dem Umschlag. Er blätterte eine Seite auf und zeigte sie der Lehrerin.

In der Klasse reckten sich alle die Hälse aus. Das gab es doch nicht! Was man nicht hören konnte, konnte man auch nicht lesen. Fräulein Seidelbast aber las:

Fisches Nachtgesang

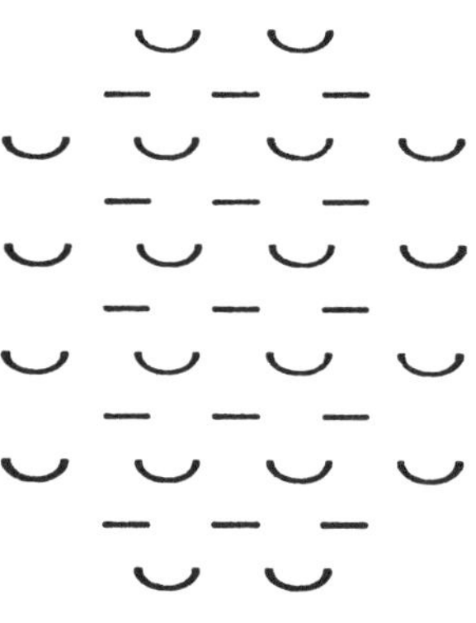

Eine ganze Weile blieb die Lehrerin, ihre Augen immer noch im Buch, selber stumm wie ein Fisch. Sie wusste einfach nicht, was sie zu dieser Frechheit sagen sollte.

Natürlich kannte sie auch Morgensterns kurioses Fischgedicht. Aber dass sich dieser Bengel ausgerechnet für die Deutschstunde so einen Ulk ausgesucht hatte, war, gelinde gesagt, ein starkes Stück. Stellt sich einfach vor die Klasse und schneidet Fratzen, statt ein paar gut gelernte Verse vorzutragen! Und jetzt hielt er ihr auch noch triumphierend das Buch hin wie den unwiderlegbaren Beweis seiner Vortragskunst?

Oskar sah deutlich, wie es um ihre Mundwinkel zuckte. Unter ihrem strengen Blick klappte er jetzt das Buch zu. Jeden Augenblick erwartete er ein mächtiges Donnerwetter. Und auch die anderen hielten die Luft an. Obwohl sie sich nicht erklären konnten, wie so ein stummes Gedicht in einem gedruckten Buch aussah.

„Setz dich“, brachte Fräulein Seidelbast endlich hervor. Sie hatte große Mühe, ruhig zu bleiben. Am liebsten hätte sie diesen Kerl auf der Stelle zum Direktor geschickt. Aber da fiel ihr ein, was sie noch vor der Stunde zu Doktor Hurz gesagt hatte. Nein! Immer noch starrte Oskar sie reichlich verwirrt an.

„Hast du nicht gehört?“, fragte sie barsch.

Oskar schlich auf seinen Platz zurück. Ihm war flau in den Knien. Er atmete erst auf, als Lydia Baum als Nächste nach vorn gerufen wurde.

„Das Huhn und der Karpfen. Von Heinrich Voß“, kündigte Lydia an. Und das in einem Ton, als käme jetzt eine Bußpredigt. So war es dann auch: Aus dem Karpfen, der sich über das alberne Gegacker des Huhns lustig macht, wurde ein strenger Lehrmeister, der mit bitterbösem Gesicht Moral predigt. Die ganze Stunde über blieb diese gedrückte Stimmung. Oskar und Otto aber waren heilfroh, dass sie mit ihrem Räuberauftritt so glimpflich davongekommen waren.

Ihre gute Laune kam erst während der großen Pause wieder. Denn nun scharten sich Jen und Dolly, Konrad Pietsch, der schlaksige Tüchler und noch ein paar Neugierige um sie. Inzwischen hatten nämlich der Abällino und Morgensterns „Galgenlieder“ die Runde gemacht. Wie Verschwörer steckten sie die Köpfe zusammen. Jeder wollte wissen, wie man die Räubernamen ins schiere Hochdeutsch übersetzt. Immer wieder fuhren sie mit lautem Gelächter auseinander. Und jetzt zeigten sie auch Interesse für Oskars kuriosen Räuberklub.

„Hört zu“, flüsterte der. „Heute Nachmittag machen wir unten an der Havel unsre erste Große Klumpe.“

„Große Klumpe? Toll!“, rief Dolly, obwohl sie keine Ahnung hatte, was damit gemeint war. Vorhin hatte Oskar, der künftige Räuberhauptmann, sie zur „Roten Wolke“ ernannt, und seitdem blitzten ihre Augen nur so. Anscheinend fühlte sie sich jetzt schon, als wäre sie eine Räuberbraut.

„Was ist denn das, eine Große Klumpe?“, fragte Tüchler.

„Eine ganz große Sache“, antwortete Falkenauge fürwitzig. „Mit ßoo langen Dolchen.“

„Quatsch“, widersprach sofort der Große Kuru. „Ist bloß ’ne Geheimberatung. Aber die muss natürlich getarnt werden. Am besten ist, jeder von euch bringt eine Angel mit. Unsre Große Klumpe muss ganz harmlos aussehen, klar? Würmer hab ich massig hier.“ Er zog eine Blechschachtel aus der Tasche und öffnete sie.

„Brr!“ Dolly schüttelte sich vor dem ekligen Wurmhaufen. Doch der Häuptling brauchte sie nur strafend anzusehen, schon schluckte Rote Wolke den Ekel tapfer hinunter und sagte wie ein Mann: „Sind aber fette Happen drunter, was?“

Da hörten sie die Stundenklingel.

„Also, pünktlich um drei auf der Havelwiese.“ Oskar steckte die Wurmschachtel ein.

Während der nächsten Stunde behandelte Fräulein Seidelbast das Kapitel von der Entstehung des Geisterglaubens in der Urgemeinschaft. Anfangs hörte Oskar auch brav zu. Doch als die Rede auf irgendwelche geheimnisvollen Höhlen kam, versenkte sich sein unruhiger Geist immer tiefer in die abenteuerliche Welt des Banditenhauptmanns Abällino. Und da geschah es wie von selbst, dass der Räuberschmöker unter der Bank auf Oskars Knien landete.

Jetzt hatte er das Kapitel gefunden, das ihm haargenau verriet, wie man am sichersten eine Räuberhöhle anlegen muss. Es begeisterte ihn so, dass er einen Regenwurm, den er eigentlich dem ängstlichen Marlenchen übers Ohr hängen wollte, als Lesezeichen ins Räuber-Lexikon legte. Heute Nachmittag würde er seinen Kumpanen den ersten Unterricht geben…

Währenddessen hatte Otto neben ihm vergeblich ein paar Mal gezischt und warnend die Augen verdreht. Merkte der Große Kuru denn nicht, dass Rüpsel Ätzig auf ihn zukam? Aber Oskar war viel zu weit weg mit seinen Gedanken. Er bewegte gerade Steinplatten auf ihrer Insel, legte raffinierte Fallgruben an, verwischte verräterische Spuren…

„Schupßalapläm“, schrie Otto leise auf.

Doch es war schon zu spät. Als Oskars Kopf erschrocken hochfuhr, stand die Lehrerin neben ihnen.

„Wer von euch ist denn plemplem?“, fragte sie. Und noch ehe Oskar seinen Abällino verschwinden lassen konnte, griff Fräulein Seidelbast danach. Krampfhaft wollte er die Schwarte festhalten, erhaschte aber nur noch den Bücherwurm. In seiner Not hielt er ihn jetzt der Lehrerin unter die Nase, um sie von seinem Abällino abzulenken.

Doch für Fräulein Seidelbast ging der Spaß zu weit. Ehe sich's Oskar versah, hatte sie ihm mit der Schwarte das Kriechtier aus der Hand geschlagen.

„Jetzt ist es genug!“, sagte sie. Und das in einem Ton, der nichts Gutes verhieß. Dann ging sie mit dem Abällino, als hielte sie einen schmierigen Wurm, nach vorn.

„Nein, nicht das Buch!“, rief Oskar verzweifelt.

„Das kannst du dir beim Direktor abholen. Sag ihm gleich dazu, wer die albernen Zettel an die Türen geheftet hat. Oder bildest du dir ein, wir wissen das nicht? Vielleicht erzählst du ihm auch, weshalb die Klingeluhr plötzlich stehen blieb. Überleg es dir gut, bevor du zu ihm gehst!“

So brach das Gewitter doch noch über ihn herein. Und das mit einer Wucht, die ihm einfach die Sprache verschlug.

Fräulein Seidelbast aber steckte seinen Abällino, mit dem er sich ein abenteuerliches, herrliches Leben auf ihrer Insel erträumt hatte, mit spitzen Fingern in die Tasche. Dabei sagte sie, als wäre die Sache für sie bereits erledigt: „Wo waren wir stehen geblieben?“

„Bei der Totenbestattung“, antwortete Lydia und vergaß nicht, dem entwaffneten Räuberhauptmann einen gehässigen Blick zuzuwerfen.

Der hockte finster auf seinem Platz. Er knurrte wie ein Terrier, dem man einen Maulkorb umgebunden hat. Und Otto stöhnte leise. Was würde erst passieren, wenn Rüpsel Ätzig oder Knolle Wampso die Räubernamen aus dem Abällinischen ins freche Deutsch übersetzten? O mamma mia, das war überhaupt nicht auszudenken.

An diesem Tag waren sie die Letzten, die die Klasse verließen. Und während Otto am Schultor auf seinen Freund wartete, stand Oskar vor dem Lehrerzimmer. Bis endlich Fräulein Seidelbast herauskam.

„Was suchst du hier?“, fuhr sie ihn an. „Die Tür vom Direktor ist dort.“

„Ich weiß.“ Oskar wagte nicht, sie anzusehen. „Aber ich wollte Ihnen sagen…“

„Was wolltest du? Ich hab nicht viel Zeit.“

Da gab er sich einen Ruck. „…mich entschuldigen“, stieß er endlich hervor. Dann machte er kehrt.

Fräulein Seidelbast sah ihm nach mit einem Gesicht, als hätte sie nicht richtig verstanden. Noch vor einer Minute wollte sie nicht für möglich halten, dass dieser Junge aus freien Stücken sich bei ihr melden würde.

„Komm noch mal her“, rief sie ihm nach.

Oskar drehte sich um, sah sie winken und kam unsicher zurück.

„So einfach ist das nämlich nicht“, sagte sie, „dass mit einer Entschuldigung alles erledigt wäre.“

Jetzt blickte er zu ihr auf.

„Vielleicht willst du dich wirklich ändern?“

Er antwortete nicht.

„Du kannst es mir ja beweisen. Das wäre mir tausendmal lieber als eine läppische Entschuldigung. Nun?“

Oskar guckte nur immerzu auf ihre Tasche. Ob sie den Abällino vielleicht noch gar nicht beim Direktor abgegeben hat?

„Also gut“, sagte Fräulein Seidelbast. „Streng dich endlich an und beweise, dass Oskar auch vernünftig sein kann. Du wirst merken, dass zum guten Benehmen viel mehr Mut gehört als zu deinem frechen Ton. Oder bildest du dir ein, ein Junge wie Rainer Lemmle ist aus Feigheit ordentlich und höflich?“

Dass sie ihm ausgerechnet den Milchreisbubi als Vorbild hinstellte, enttäuschte Oskar sehr. Nein, gerade das hatte er nicht von ihr erwartet. „Auf Wiedersehen“, sagte er kurz und wollte schon zum Zimmer des Direktors.

„Geh heute nach Haus“, hörte er sie sagen. Überrascht blieb er stehen.

„Geh schon!“ Es klang so streng, dass er nichts mehr zu fragen wagte. Eilig drückte er sich an ihr vorbei und lief die Treppe hinunter.

„Und? Was hat er gesagt?“ Aufgeregt erwartete ihn Otto am Schultor. „War wohl mächtig auf der Palme, wie?“

„Wer – Knolle Wampso?"
„Na, wer denn sonst."
„War gar nicht bei ihm."
„Was denn? Haste gekniffen?"
„Quatsch. Zufällig ist mir Rüpsel Ätzig in die Quere gekommen", schwindelte Oskar. „Und weißte, was sie gesagt hat? Ich soll mir den Milchreisbubi zum Vorbild nehmen. Dass ich nicht kichere!"
„Und vom Abällino? Hat sie da was gesagt?"
„Nichts. Das ist es doch. Hab keine Ahnung, wo der steckt."
Sie trabten nicht gerade gut gelaunt los. Erst als sie sich trennten, fragte Otto: „Kommste trotzdem um drei an die Havel, Oskar?"
„Na, was dachtest du denn? Jetzt erst recht!"
„Sag ich ja auch. Aber ob die anderen jetzt noch kommen?"
„Abwarten."
Oskar war schon um die nächste Ecke, da kam Otto noch einmal zurück.
„Egal, ob Rüpßel Ätßig den Abällino abgibt oder nicht", knurrte er. „Für mich bleibt sie eine Giftpflanße."

Der Querschuss

Die Sache um den Räuberklub stand also ziemlich schlecht, seit man ihren Abällino heimtückisch gefangen gesetzt hatte. Doch Oskar gab so schnell nicht auf. War er vielleicht unter die Räuber gegangen, um gleich ängstlich die Flinte ins Korn zu werfen? Da kannte ihn Rüpsel Ätzig aber schlecht.

Am Nachmittag trippelte er mit seinem Freund, während sie sich Ottos neuen Fußball zuspielten, auf der einsam gelegenen Uferstraße zur Havel. Die Angeln hatten sie zu Haus gelassen. Jen und Konrad Pietsch, diese Säuglinge unter den Buschkleppern, wollten doch lieber Fußball spielen. Angeblich, weil sie keinen Angelschein besaßen.

„Als ob man beim Fußball 'ne Große Klumpe machen kann", sagte Otto jetzt.

„Egal. Hauptsache, sie machen mit."

„Und wenn sie die Boote nicht mitbringen, die Flaschen?" Otto flankte ihm den Ball wieder zu.

„Abwarten!“ Oskar schoss zurück. Vergeblich hatte er die ganze Zeit gegrübelt, wie man den Abällino durch einen Trick befreien könnte.

„Hättste ihn bloß unter der Bank gelassen“, jammerte Otto. „Jetzt kriegt ihn Knolle Wampßo. Und dann? Ich darf gar nicht daran denken.“

„Na – und? Behalten darf er ihn nicht. Weil er mein Eigentum ist, der Abällino.“

„Und wenn er fragt, woher du ihn hast?“

„Dann sag ich eben, Tante Milchen hat ihn mir vererbt. Oder denkste, der fährt zu ihr nach Halberstadt und fragt?“

„Aber wenn die Seidelbast rauskriegt, dass wir sie eine Giftpflanße tituliert haben? Was ’n dann, Oskar?“

„Feige Memme“, schimpfte der und stoppte Ottos Querschuss. Der Ball prallte gegen die Zaunlatten der anderen Straßenseite. Otto lief ihm nach und flankte zurück. Eine Weile blieb es still. Doch dann fing Otto wieder zu zetern an: „Ob Gurgeli Krähmatsch schon weiß, was es ganz richtig heißt, Oskar? Ich darf bloß nicht daran denken, was der Direktor macht, wenn er im Abällino nachguckt. Stell dir vor, der übersetzt Knolle Wampßo ins richtige Deutsch. „Was ’n dann?“

„Halt endlich dein Schnattermaul“, schrie Oskar und stieß so heftig gegen den Ball, dass er über Ottos Kopf hinwegsauste.

Plötzlich klirrte es. Mit ein paar Sprüngen waren die beiden um die nächste Ecke. Dort versteckten sie sich hinter einem Fliederbusch und beobachteten ängstlich das gegenüberliegende Haus. Da sahen sie auch schon die Bescherung: Ottos Fußball hatte die Glastür eines Balkons im ersten Stock zertrümmert und war zwischen den Eisenstäben der Umrandung stecken geblieben. Ein Hund bellte.

„Ausgerechnet bei der Ex-Paukerin“, knurrte Oskar und dachte: Bloß gut, dass ich Titus zu Haus gelassen habe.

Vor einigen Wochen hatte es nämlich schon einmal mit der Frau dort oben Krach gegeben, als sich ihr Hund und Titus in die Wolle gerieten. Und das durch Oskars Schuld. Statt den wütenden Titus zurückzuhalten, hatte er ihn auch noch gegen ihren Pudel aufgehetzt. Zu seinem Glück war die Frau stark kurzsichtig, und deshalb hatte er mit seinem Hund entkommen können.

„Wenn ich meinen Ball nicht wiederkriege“, jammerte Otto jetzt, „musst du ihn mir ersetzen.“

„Abwarten“, zischelte Oskar. Er überlegte gerade, ob man die Lederkugel nicht mit einer Stange herunterholen könnte, als auch schon ein schwarzer

Pudel laut kläffend durch die Balkontür sprang. Bald darauf erschien aufgeregt eine lange, dünne Frau.

„Da! Die Ex-Paukerin – die Löblich", flüsterte Oskar wieder.

Oben auf dem Balkon gebärdete sich der Pudel immer wilder.

„Ruhig, Adrian", herrschte Fräulein Löblich ihn an.

Umständlich hatte sie sich die Brille aufgesetzt. Aber sie spähte vergeblich nach links und rechts. Die Uferstraße war um diese Zeit menschenleer. Ärgerlich rief sie: „Wer war das?" Und nach einer Weile: „Warum versteckst du dich? Sei nicht feige und komm her."

Oskar und Otto duckten sich nur noch tiefer hinter den Busch.

Der Hund hetzte fürchterlich bellend an den Eisenstäben des Balkons entlang. Dann fiel er über den Fußball her und biss wütend darauf herum. Jetzt hackten seine kurzen Pfoten danach. Bis das runde Leder endlich Fräulein Löblich vor die Füße rollte.

„Damit also", rief sie und nahm den Ball auf. „Warte, du Schlingel! Den bekommst du nicht wieder, wenn du dich nicht zeigst. Ins Haus, Adrian!" Sie verschwand durch die Balkontür. Hinter ihr her Adrian, der immerzu nach dem Leder schnappte und wie aus Schadenfreude mit dem Stummelschwanz wedelte.

„Jetzt aber fort", zischelte Oskar und sprang auf.

Doch Otto war damit nicht einverstanden. „Und mein Fußball?", klagte er. „Wie kriege ich meinen Ball wieder?"

Noch ehe Oskar antworten konnte, hörte er die Haustür gehen. Sofort verschwand er wieder hinter dem Busch. Vorsichtig schielten sie durch das Gestrüpp. Da sahen sie, dass Fräulein Löblich mit ihrem Pudel auf die Straße trat. Schon glaubten sie sich verloren. Aber dann erkannten sie, dass die Frau und ihr Hund in der falschen Richtung suchten. Das war ihre Rettung. Atemlos rannten sie los.

Doch schon an der zweiten Querstraße blieben sie erschrocken stehen. Dort lehnte ein kleiner, blasser Junge an einem Gartenzaun: Rainer Lemmle.

„Waß guckste denn so?", zischelte Otto, der mit Oskar um die Wette japste. „Wir trainieren grade für die nächste Schulmeisterschaft, weißte?"

„Aha", machte Rainer und kreuzte überlegen die Arme vor der schmalen Brust. „War aber ein toller Schuss vorhin, Oskar."

Verdattert schielten sich Oskar und Otto an. Kein Zweifel, Rainer hatte von hier aus alles beobachtet. Nervös guckten sie nach hinten. Zum Glück war ihnen die Ex-Paukerin nicht mehr auf den Fersen.

„Ach nee, der Milchreisbubi“, fing Oskar zu höhnen an, weil ihm nichts Besseres einfiel. „Geh lieber nach Haus zur Mutti. Sonst macht sie schimpfeschimpfe, weißt du?“ Und leise in Ottos Ohr: „Los, wir verduften!“

Vielleicht wäre Otto jetzt mitgegangen. Aber von der anderen Seite rief jemand: „He, wo bleibt ihr ’n eigentlich? Wir warten nämlich uff die Große Klumpe.“

Da kamen Jen und Konrad, der schlaksige Tüchler und Dolly hinterher, von der Havel herauf. Und nun wurde die Sache für Oskar immer brenzliger. Zu allem Unglück fing Otto, dieser Nieselpriem, wieder zu jammern an.

„Mein schöner Fußball! Wenn das mein Vati erfährt…“

Oskar packte ihn wütend am Arm. „Denkste vielleicht“, flüsterte er wütend, „ich marschiere zur Ex-Paukerin und sage: Sofort die Kugel her, oder Sie heißen ab morgen Meier? Hast wohl ’ne Meise!“

Doch Otto jammerte nur noch lauter. „Soll ich vielleicht hingehen? Du hast doch geschossen. Ja, du!“ Und das vor diesem Milchreisbubi und vor den anderen, die inzwischen herangekommen waren.

Oskar war also in arger Bedrängnis. Deutlich hörte er, wie Rainer mit seinen Räuberanwärtern tuschelte. Und jetzt guckten ihn alle herausfordernd an. Obendrein sagte auch noch der Milchreisbubi: „Wer geschossen hat, muss ihn auch wieder holen. Oder bist du etwa feige, Oskar?“

„Muss mir grade so ’n Museumsheini sagen“, schrie Oskar.

Aber das schien den anderen nicht zu imponieren.

„Na, hör mal“, ließ sich Jen vernehmen. „Der Große Kuru ist doch nicht feige.“

Er saß verdammt in der Klemme, der Große Kuru.

„Von wegen feige“, knurrte er. „Ihr denkt wohl, ich trau mich nicht? Haha!“ Doch sein Lachen klang nicht ganz echt. Dann machte er kehrt und marschierte zurück. Es sah aus, als stiege ein Boxer, der vor Kraft nicht laufen kann, in den Ring.

Doch je mehr er sich dem Haus mit der zerschlagenen Balkontür näherte, desto weicher wurden ihm die Knie. Und als er oben vor der Wohnung stand, wusste er noch nicht, was er der Ex-Paukerin eigentlich sagen sollte. Trotzdem nahm er allen Mut gebündelt zusammen und drückte auf den Klingelknopf.

Fräulein Löblich war, als sie den struppigen Jungen vor sich sah, nicht weniger sprachlos als er. Nur ihr Pudel knurrte böse.

„Was möchtest du?“, fragte sie endlich.

„Es ist nämlich… Jemand hat vorhin meinen Ball hier reingeschossen“, bekam er mühsam heraus.

„Ja – und?", fragte sie. „Dann soll dieser Jemand nur herkommen und die Scheibe wieder ganz machen. Sag ihm das."

Oskar biss sich auf die Lippe. Sollte er einfach zugeben, dass er selber dieser Jemand war? Doch weil er so lange zögerte, wollte Fräulein Löblich die Tür wieder schließen.

Da drückte Oskar mit dem Fuß dagegen. „Ich kenn ja den gar nicht, der geschossen hat", schwindelte er in seiner Not. „Aber meinen Ball muss ich wiederhaben."

Drohend sah sie ihn durch den Türspalt an. „Nimm den Fuß weg!" Oskar wich nicht von der Stelle.

Plötzlich kam Adrian herausgeschossen. Und noch ehe Oskar den wütenden Hund abwehren konnte, hatte er ein ordentliches Loch in der Hose. Bestürzt fuhr er zurück. Mit ein paar Sätzen fegte er die Treppe hinunter. Hinter ihm her der Pudel mit fletschenden Zähnen. Und über ihm die heisere Stimme Fräulein Löblichs, die ihren Hund vergeblich zurückrief. Glück-

licherweise bekam Oskar noch vor ihm die Haustür zu. Dann rannte er gehetzt die Uferstraße hinunter.

Erst als er die anderen um Rainer herum stehen sah, bremste er seine kopflose Flucht. Leider war es zum Umkehren zu spät. So stapfte er wieder wie ein Boxer auf sie zu.

„Na, der hab ich vielleicht…“, begann er keuchend. Den Rest sparte er sich lieber, weil Dolly kichernd auf seine zerrissene Hose wies. Die hämischen Gesichter der anderen zeigten ihm deutlich, wie sehr er sich blamiert hatte. Am meisten aber ärgerte ihn das mitleidige Lächeln Rainers.

„Was grinste denn wie ’n Schmalzkanten?“, bläffte er Rainer an. „Geh du doch zur Ex-Paukerin und hol den Ball. Na? Da kneifste, was?“

„Wieso denn ich?“, fragte Rainer.

„Seht ihr?“, rief Oskar. „Jetzt hat er Schiss, der Milchreisbubi.“ Er lachte grell.

„Na klar, hat er Schiss“, hetzte jetzt auch Otto. Und die anderen guckten den kleinen Rainer an, als wollten sie sagen: Lasst den Milchreisbubi in Ruhe. Nie im Leben traut er sich das.

Rainer nagte nervös an der Lippe. Plötzlich nahm er die Arme herunter und sagte wie ein Mann: „Gut, ich hole ihn. Ihr könnt hier auf mich warten.“

Entgeistert starrten sie dem Verwegenen nach, wie er mit seinen kurzen Beinen die Uferstraße entlang trippelte. Sie trauten ihren Augen kaum, als sie ihn wahrhaftig im Haus der alten Lehrerin verschwinden sahen. Vor Überraschung bekam Oskar einen Niesanfall. Wie immer, wenn er die Luft zu lange anhielt. Und Otto sah wieder einmal aus wie ein Huhn, wenn es donnert.

Endlich kam ein wehleidiges „Der Ärmste!“ über seine Lippen. Und nach einer Weile: „Was der für Keile beziehen wird!“

Oskar, vom Niesen geschüttelt, stotterte: „Ei – nen verbeulten – Kopp wird er kriegen. Aber kei – hatschi! – nen Ball.“

Und das war, so ungefähr, die Meinung aller.

Rainer hatte die Haustür leise hinter sich geschlossen. Das Herz bummerte ihm bis zum Hals herauf, als er sich an die Wand im Treppenhaus lehnte. Da war er tatsächlich in der Höhle des Löwen! Natürlich wusste er schon vorhin, dass ihm die Frau bestimmt nicht den Ball geben würde. Er war eigentlich nur gegangen, weil ihn die anderen so herausfordernd angeguckt hatten und weil er es gründlich satt hatte, immer nur der Milchreisbubi zu sein. Konnte er vielleicht dafür, dass er der Kleinste unter ihnen war? Oder dass seine strengen Eltern einen höflichen, wohlerzogenen Sohn haben wollten? Manchmal wünschte er sich insgeheim, wenigstens ein bisschen so frech zu sein wie Oskar. Nur damit man ihn endlich einmal in der Klasse ernst nahm.

Aber was mache ich jetzt?, dachte er erschrocken. Bestimmt wird sie den Hund auch auf mich hetzen. Am besten wäre es, wenn ich gar nicht erst raufginge. Ich bleibe eben hier stehen und überlege mir, was für einen Bären ich den anderen nachher aufbinde. Vielleicht eine dramatische Geschichte, wie ich umsonst um Ottos dämlichen Ball gekämpft habe? Spinnen kann ich nämlich auch, wenn es darauf ankommt.

Plötzlich zuckte er zusammen. Hinter ihm ging die Hoftür. Und als er sich erschrocken umwandte, stand eine lange, dünne Frau mit zerfurchtem Gesicht vor ihm. Sie hatte einen Kehrichteimer in der Hand und guckte ihn streng an.

„Guten Tag“, brachte Rainer mühsam heraus. „…meine Dame“, setzte er eilig hinzu. Sein Vater hatte ihm beigebracht, dass man fremde Frauen stets als Dame anredete.

„Guten Tag“, antwortete das zerfurchte Gesicht. Es klang, zu seiner Verwunderung, gar nicht unfreundlich. „Was suchst du hier?“

„Ach, eigentlich… nichts weiter“, haspelte er und überlegte krampfhaft, wie er sich herausreden könnte. Endlich fiel ihm etwas ein. „Ich wollte nur fragen, ob Sie vielleicht leere Flaschen haben? Oder Altpapier?“

Die Frau musterte ihn immerzu, ohne zu antworten.

„Ich könnte bei der Gelegenheit auch gern Ihren Keller aufräumen“, fing Rainer wieder an. „Natürlich nur, wenn Sie es wünschen, meine Dame.“

Ein Lächeln schien über ihr Gesicht zu huschen. Plötzlich sagte sie: „Komm doch einmal mit nach oben.“

Wieso? In den Keller geht's doch nach unten, dachte Rainer. Der Hund!, schoss es ihm durch den Kopf. Sie will den Hund auf mich hetzen.

„Aber so komm doch, mein Junge.“

Rainer gab sich einen energischen Ruck. „Sehr liebenswürdig“, sagte er, wenn auch ein bisschen bibbernd, und trat näher. „Darf ich Ihnen Ihren werten Eimer abnehmen?“

Sie unterdrückte wieder ein Lächeln und überließ ihm den Eimer. So stiegen sie die Treppe hinauf. Oben angelangt, tat Rainer noch ein Letztes, um die Frau versöhnlich zu stimmen. Er stellte den „werten“ Eimer hin und dann sich vor.

„Gestatten Sie“, sagte er, „mein Name ist Rainer Lemmle.“

Nun musste sie doch lachen. „Nett von dir, Rainer. Ich heiße Löblich.“

Er atmete auf. Aber ganz sicher war er noch immer nicht, als sie ihn ins Balkonzimmer führte. Zu seinem Glück war dort kein Hund.

„Schau dir meine Balkontür an, Rainer. Vorhin hat ein Junge sie zur Zielscheibe für seinen Fußball gemacht. Und dann hat er nicht mal den Mut, es zuzugeben."

„Aber", stammelte Rainer in arger Bedrängnis, „ich wollte doch nur Ihre Flaschen abholen."

„Wer spricht denn von dir? Ein struppiger, untersetzter Junge war es. Kommt frech hierher und will mir etwas vorschwindeln. Sag mal, kennst du ihn vielleicht?"

„Ich? Nein, wieso?" Er bückte sich schnell nach ein paar kleinen Scherben auf dem Teppich.

„Mein schöner Teppich", klagte Fräulein Löblich. „Dabei hab ich schon das Gröbste weggeräumt."

„Es tut mir leid", sagte Rainer, immer noch Scherben auflesend. „Vielleicht kann ich Ihnen helfen? Soll ich Ihre Tür ausmessen und beim Glaser eine neue Scheibe bestellen? Haben Sie ein Metermaß, meine Dame?"

„Hab ich", sagte Fräulein Löblich und freute sich über so viel Hilfsbereitschaft. „Eigentlich dachte ich mir gleich, dass so ein höflicher Junge wie du nichts mit diesem Grobian zu tun hat. Warte, ich hole dir einen Zollstock."

Rainer nahm die günstige Gelegenheit wahr, um unter die Kommode und in alle Ecken zu schielen, sobald die Frau das Zimmer verlassen hatte. Vielleicht lag irgendwo Ottos Ball? Er legte sich längelang auf den Teppich. Da hörte er es plötzlich hecheln. Und als er sich erschrocken aufrichtete, war eine feuchte Hundeschnauze über ihm.

„Ist er nicht reizend?", fragte Fräulein Löblich, die mit einem Zollstock in der Tür stand. „Brauchst keine Angst vor ihm zu haben. Gefällt er dir?"

„Sehr angenehm", sagte Rainer und lächelte sauer. Eilig stand er auf und machte sich an die Arbeit. Vergnügt beobachtete Fräulein Löblich, wie geschickt der Junge mit dem Meterstab hantierte und sich Notizen auf einem Zettel machte. Aber dann sagte sie: „Warte, Rainer. Ich bin gleich wieder da. Komm, Adrian." Damit verschwanden die beiden im Nebenzimmer.

Was bedeutete das? Wollte sie mit der Polizei telefonieren? Hastig legte Rainer Zettel und Zollstock auf den Tisch.

„Ich bin fertig", rief er. „Entschuldigen Sie, aber ich muss noch etwas besorgen."

Er hatte schon die Türklinke in der Hand, da stürmte Adrian ins Zimmer.

Verblüfft blieb Rainer stehen. Was der Hund mit der Schnauze vor sich her stupste, war – Ottos Ball.

„Ja, was guckst du denn so erschrocken?“, fragte Fräulein Löblich, die hinter Adrian das Zimmer betrat. „Möchtest du ihn nicht haben?“

„Wer – was – den Ball?“

„Aber ja. Weil du so hilfsbereit und höflich bist.“

„Er gehört doch…“ Ums Haar hätte er Otto gesagt!

„Das lass nur meine Sorge sein, Rainer“, antwortete sie. „Wer die Balkontür zerschlägt und zu feige ist, es zuzugeben, bekommt auch seinen Ball nicht zurück. Vielleicht melden sich seine Eltern bei mir. Dann könnten wir die Sache in aller Ruhe regeln.“

Benommen nahm Rainer den Fußball auf. Er wollte es noch immer nicht glauben.

„Behalte ihn ruhig.“

Jetzt strahlte er endlich. „Die Scheibe werde ich gleich morgen bestellen“, versicherte er und nahm den Zettel vom Tisch. „Vielen Dank, Fräulein Löblich.“

„Schon gut. Du kannst mich gern wieder besuchen, wenn du magst. Vielleicht hab ich dann auch leere Flaschen für dich. Obacht, Adrian!“

Erschrocken nahm sie ein kristallenes Gefäß von der Kommode, gegen die der übermütige Pudel gerannt war. „Die Vase hab ich zu meinem siebzigsten Geburtstag bekommen“, erklärte sie.

„Nochmals vielen Dank“, rief Rainer glücklich, als er sich verabschiedet hatte.

Er hätte vor Freude am liebsten laut gejubelt, während er mit Ottos Ball die Treppe hinabstürmte.

Sie hatten lange gewartet, aber weil der Milchreisbubi noch immer nicht auftauchte, waren die meisten klammheimlich verschwunden.

„Wir gehen inzwischen an die Havel“, hatten sie gesagt. Dabei war es nur die Sorge, dass die Ex-Paukerin mit Rainer hier erscheinen und womöglich auch sie verdächtigen könnte. Schließlich standen Oskar und Otto allein am Zaun.

„Was wartest du noch, du Tüte?“, schimpfte Oskar. „Willste hier Wurzeln schlagen? Der Milchreisbubi ist längst durch den Hinterausgang getürmt. Wetten?“

Plötzlich rief Otto: „Dort ist er ja.“

Und tatsächlich sah Oskar den kleinen Rainer springlebendig die Uferstra-

ße entlang gehopst kommen. Wie eine Siegestrophäe hielt er den Ball über dem Kopf. Und kurz vor ihnen setzte er die Kugel mit einem enormen Schuss Otto direkt vor die Füße.

„Ich werd verrückt!", jubelte Otto, als er ihn aufhob.

Oskar aber schüttelte immer noch sprachlos den Kopf. Ging denn das mit rechten Dingen zu?

Kaum war Rainer heran, bestürmten sie ihn schon mit Fragen: „Wie hast du 'n das gedreht?"

„Die hat den Ball freiwillig rausgerückt?"

„Da war wohl 'n Kniff dabei, ja?"

„Na, rede schon!"

Doch Rainer machte nur ein pfiffiges Gesicht und schwieg sich aus. Oskar und Otto jedoch ließen nicht locker. Man sah ihnen deutlich an, dass sie unbedingt eine Sensation hören wollten. Obendrein stichelte auch noch Oskar: „Hast wohl hübsch bitte-bitte gemacht?"

„Von wegen", sagte Rainer empört. Und dann tischte er den beiden eine schaurige Geschichte auf, wie sie noch nie über seine Lippen gekommen war:

„Zuerst hab ich's ja friedlich mit ihr versucht, versteht ihr? Aber die hat immer bloß auf den bösen Knaben geschimpft. Also gut, sage ich zu ihr. Sie wollen die Kugel nicht freiwillig rausrücken? Dann kann ich auch anders! Da stand nämlich eine hübsche Kristallvase auf ihrer Kommode. Die hab ich ganz langsam hochgehoben. So, immer höher. Und dabei hab ich geschrien: Ich kann auch Ihren kostbaren Perserteppich mit grüner Tinte einweichen!

Stellt euch vor, sie wollte ihren Hund auf mich hetzen. Na, den hab ich bloß mal scharf angeguckt. Da ist der gleich rückwärts gelaufen. Wird's bald?, hab ich geschrien. Ich sag euch! Kreidebleich ist sie ins Nebenzimmer getorkelt. Zitternd hat sie mir den Ball gegeben. Was ich euch sage!"

Fassungslos hatten Oskar und Otto zugehört. Sollten sie den Milchreisbubi so verkannt haben? Das war ja ein Piratenstück! Nicht mal ein Räuber hätte es frecher anstellen können. Und dabei stand dieses Bürschchen vor ihnen, als wäre überhaupt nichts Aufregendes geschehen.

„Wo sind denn die anderen geblieben?", fragte Rainer.

„Sind getürmt, die Flaschen", brummte Oskar.

„Na, dann macht's gut", sagte Rainer, schob die Hände in die Taschen und trippelte los.

Aber er brauchte nicht lange zu warten, da waren Oskar und Otto wieder an seiner Seite.

„Wohin gehste denn?", wollte Otto wissen.

„Nur mal runter zum Bootshaus." Das klang ganz nebenbei.

„Was denn – du hast 'n Boot?" Oskar riss noch mehr die Augen auf.

„Na klar", schwindelte Rainer, ohne rot zu werden. „Schon lange." Dass es seinem Vater gehörte, brauchten die beiden nicht unbedingt zu wissen.

Und wieder gingen erstaunte Blicke zwischen Oskar und Otto hin und her. Sie hatten den Kleinen in die Mitte genommen und marschierten einträchtig zur Havel.

„Rainer“, sagte Oskar nach einer Weile, und das war das erste Mal, dass er ihn beim richtigen Namen nannte. „Wenn du vielleicht mitmachen willst in unserm Klub? Brauchst es bloß zu sagen. Weißte, wir wollen nämlich am Sonnabend rüber auf die Insel.“

Rainer musste sich mächtig zusammennehmen, um seine Freude nicht zu verraten. „Wenn es weiter nichts ist“, sagte er leichthin. „Auf der Rabeninsel kenn ich mich aus. Wo habt ihr denn den Räuberkram ausgegraben? Gleich vorn am Rand?“

Oskar tat, als fiele es ihm nicht gleich ein. Und Otto meinte: „Na ja, so in der Mitte. Kann aber sein, die Räubersachen sind nicht mehr drin in der Höhle, weißte?“

„Aha“, machte Rainer und feixte.

„Wieso aha“, regte Otto sich auf. „Glaubste vielleicht, wir wollen dich…“

„Abwarten“, unterbrach ihn Oskar. Er hatte längst erkannt, dass man

Rainer keine Ammenmärchen erzählen konnte. „Jedenfalls wollen wir rüber, verstehste? Und deswegen müssen wir heute 'ne Große Klumpe machen. Klar?"

„Völlig klar", behauptete Rainer kühn.

„Wie? Ach so, ja. Aber inzwischen haben sich die Knallerbsen bestimmt verdrückt. Wetten, dass keiner von denen unten ist?"

Natürlich war keiner der Räuberanwärter zu sehen, als sie an die Havel kamen.

„Feige Memmen, die", schimpfte Oskar und spuckte verächtlich aus.

„Achtmotorige Kellerwanzen!", wütete Otto und spie noch ein bisschen kräftiger in den Ufersand.

Plötzlich holte der kleine Rainer tief Luft, stemmte die Fäuste in die Seiten und schrie aus Leibeskräften: „Diese Kuhzicken… äh! Kuhschwanzzickenpiloten, die!"

Otto zog ängstlich den Kopf ein, als Rainer im hohen Bogen in die Havel spuckte.

Erstaunt starrten die beiden Schlawiner in sein grimmig verzogenes, blasses Gesicht. Und mit einemmal platzten alle drei laut heraus. Übermütig kreischten sie los. Ausgelassen fielen sie übereinander her und wälzten sich, vor Vergnügen stöhnend und wiehernd, im schmutzigen Ufersand. Bis ihnen die Luft ausging. – Jetzt war Rainer ihr Mann!

Wie gut, dass die beiden nicht dabei waren, als er im Bootshaus heimlich Vaters Boot von der Kette schloss. Er war so nervös, dass ihm danach der Schlüssel ins Wasser fiel.

Bald darauf hockten die drei im Kahn und fuhren ins nahe gelegene Schilf, wo sie ihre erste Große Klumpe machten. Es dauerte zwar eine Weile, ehe Rainer begriff, was dieser geheimnisvolle Klumpatsch eigentlich bedeutete. Überhaupt hatte er anfangs Schwierigkeiten, sich zwischen den Abällinern mit ihrem wüsten Kauderwelsch als gleichberechtigter Räuber zu behaupten. Aber er zeigte sich erstaunlich anstellig. Und nach kurzer Zeit mischte er schon kräftig mit. In Vatis leise schaukelndem Kahn, den sie gleich zu Anfang in HAIFISCH-RACHEN umgetauft hatten, kiurappte und tschuappte es nur so, dass die Möwen im Schilf eilig davonflogen. Und darauf lachten die drei wie verrostete Blecheimer.

So endete ihre Große Klumpe mit einem vollen Erfolg. Aus dem einstigen Milchreisbubi wurde heute der Bleiche Kapitän, mit dem sie am Sonnabend eine geheime Expedition auf ihre Räuberinsel starten wollten.

Es war verboten spät, als der Bleiche Kapitän, immer noch Spuren der Räubertaufe auf dem sonst so reinlichen Anzug, endlich nach Haus kam. Seine Eltern hatten lange auf ihn gewartet. Nun waren sie mit dem Abendbrot beinah fertig.

„Aber Junge, mein Junge“, rief bestürzt Rainers Mutter und ließ vor Schreck die Serviette fallen. „Wie siehst du denn aus?“

Und sein Vater nahm verwundert die Brille ab. „Etwas Ernsthaftes, Rainer?“, fragte er.

„Kuruwutschu!“, antwortete der Bleiche Kapitän und rutschte geräuschvoll mit dem Stuhl an den Tisch. „Einen Mordskohldampf hab ich. Was gibt’s denn Schönes zu futtern?“

Mit gekrauster Stirn starrte ihn die Mutter an.

Auch Doktor Lemmle wusste nicht recht, ob er darüber lachen oder böse werden sollte. Irgendetwas an Rainers schnodderigem Ton erinnerte ihn plötzlich an seine eigene Jugend. Hatten sich seine Eltern nicht damals auch über das rüde Benehmen ihres Sohnes geärgert? Aber das behielt er natürlich für sich.

„Ja, sag mal!“ Rainers Mutter fand endlich ihre Sprache wieder. „Was ist denn das für ein Ton? Und dann diese ungepflegten Ausdrücke?“ Hilfe suchend sah sie zu ihrem Mann.

Der verkniff sich schließlich das Lachen.

„Seit wann ist es bei uns üblich, ungewaschen über das Essen herzufallen?“

Rainers Zähne hörten auf zu mahlen. Verstört guckte er vom Teller auf. Ihm kam es vor, als ob er aus einem Traum aufwachte. So leicht war das aber auch nicht, sich im Handumdrehen vom Bleichen Kapitän, der eben erst mit seinen Kumpanen grobe Räuberflüche ausgetauscht hatte, in den wohlerzogenen Rainer Lemmle zurückzuverwandeln.

Immer noch spürte er den Blick des Vaters auf sich gerichtet. Was sollte er nur sagen? Zum Glück fiel ihm jetzt ein, dass man mit vollem Mund nicht sprechen darf. Das ersparte ihm die Antwort. Hilflos zuckte er die Achseln und zeigte mit seinem schmutzigen Finger auf die vollen Backen. Dann ließ er es sich weiter gut schmecken.

Das aber war für seinen Vater zu viel.

„Vielleicht wäschst du dich erst mal und machst deinen Anzug sauber, verstanden? Du siehst ja aus, als wärst du unter Räuber geraten.“

Erschrocken fuhr Rainer hoch. Wie schnell er das nur wieder rausgekriegt hat, dachte er und schlich ins Badezimmer. Dann stand er unter der Dusche, schrubbte sich und bürstete den Havelsand aus den Haaren. Doch als er nachher vor dem Spiegel einen Scheitel zog, stöhnte er. Noch nie war es ihm so anstrengend vorgekommen, immer nur wohlerzogen und höflich zu sein. Wehmütig dachte er an ihre Insel, auf der sie ein freies, ungeheuer abenteuerliches Räuberleben führen wollten. Und als ihm die Mutter frische Wäsche durch die Tür reichte und leise fragte: „Bist du etwa gestürzt, Rainer? Hast du dir wehgetan?“, legte er den Finger auf den Mund, rollte wild mit den Augen und zischelte: „Schupzalapläm!“

Erschrocken lief Frau Lemmle zu ihrem Mann. „Bitte, Heinrich“, bat sie besorgt, „überfordere den Jungen nicht, wenn du nachher mit ihm sprichst. Am besten ist, er geht gleich ins Bett.“

„Na, na, na“, machte Rainers Vater. „Was ist denn schon dabei, wenn er mal über die Stränge schlägt? Sei mir nicht böse, Lieschen, aber ich glaube, unser Junge ist mopsfidel.“ Er zwinkerte vielsagend. „Eigentlich hab ich so einen herzhaft frechen Ton ein bisschen bei ihm vermisst. Immerhin, er ist schließlich ein Junge."

Frau Lemmle wiegte bekümmert den Kopf. „Ich weiß nicht, Heinrich. Nimmst du das nicht ein bisschen zu leicht? So hab ich unseren Rainer noch nie erlebt. Es könnte doch sein, dass sein Gemüt durch irgendetwas gelitten hat. Oder wie erklärst du dir, dass er plötzlich die Augen verdreht und wirres Zeug von sich gibt? Wenn er nur nicht krank wird, der Junge."

So kam es, dass der erschütterte Rainer an diesem Abend sanft zu Bett gebracht wurde. Mit beruhigendem Flüstern und Gutenachtwünschen deckte die Mutter ihn liebevoll zu.

Es dauerte auch nicht lange, da überwältigte ihn der Schlaf und er entschwebte im weißen Nachthemd auf die Räuberinsel.

Dicke Luft

Als Rainer am nächsten Morgen mit den Eltern beim Frühstück saß, hätte er am liebsten die Augen wieder zugemacht und seinen herrlichen Traum noch ein bisschen weitergeträumt.

Eben hatte er mit Falkenauge und dem Großen Kuru laut schmatzend vor einer Höhle gelümmelt und sich die nächste Wildschweinkeule vom Spieß geangelt. Und nun saß er, steif wie eine Eins und die Arme angewinkelt, am weiß gedeckten Tisch in der Veranda und löffelte Honig auf sein Brötchen. Er fand es zum Gähnen langweilig.

„Rainer", tadelte die Mutter, „halt doch wenigstens die Hand vor den Mund. Wie sieht denn das aus, wenn du ihn so scheußlich aufreißt."

Rainer entschuldigte sich brav und tröstete sich damit, dass ja der Sonnabend nicht fern war. Glücklicherweise kamen die Eltern nicht mehr auf den gestrigen Abend zu sprechen. Wie aber sollte er ihnen beibringen, dass er Papas Boot LUISE am Sonnabend brauchte? Vielleicht sage ich ihm, dass ich mit Klaus-Jürgen eine Haveltour machen will? Klaus-Jürgen ist schon vierzehn und hat ein eigenes Boot. Wenn ich ihn darum bitte, borgt er es mir bestimmt. Manchmal ist er gar nicht so streng. Nur Mutti ist immer gleich ängstlich. Dass sie bloß nicht auf die Idee kommen und mit der LUISE...

„Ich hab eine großartige Idee", sagte plötzlich der Vater. Gestern hatte er

sich heimlich vorgeworfen, seinen Jungen in letzter Zeit ein wenig vernachlässigt zu haben. „Wie wäre es denn", fragte er jetzt, „wenn wir zum Wochenende einen Ausflug mit ‚Luise' machten?"

Vor Schreck bekam Rainer den Honigbissen nicht herunter. Aus der LUISE war doch seit gestern der Räuberkahn HAIFISCHRACHEN geworden, mit dem sie am Sonnabend…

„Eine gute Idee", stimmte Frau Lemmle ihrem Mann zu. „Nicht wahr, Rainer? Das ist endlich einmal was nach deinem Geschmack. Wir nehmen das Zelt mit und machen irgendwo am Havelufer Picknick. Freust du dich?"

Rainer konnte nicht antworten. Die Luft blieb ihm weg. Er würgte so heftig, dass ihm Tränen in die Augen kamen.

„Sieh nur, Heinrich, ihn hat die Freude überwältigt." Gerührt klopfte die Mutter ihm den Rücken.

„Kann ich gut verstehen", sagte der Vater. „Ist schon eine Ewigkeit her, dass wir draußen auf dem Wasser waren. Hoffentlich ist ‚Luise' noch flott. Weißt du was, Rainer? Heute Nachmittag könntest du zum Bootshaus gehen und dir unser Lieschen mal ansehen. Warte, ich gebe dir gleich die Schlüssel." Er stand auf und ging ins Nebenzimmer.

Da fuhr Rainer so heftig herum, dass beinah der Frühstücksteller vom Tisch fiel.

„Warum bist du nur so unruhig, mein Junge?" Zärtlich strich ihm die Mutter über sein Haar. „Fehlt dir was?"

Und ob!, dachte Rainer. Da kam auch schon der Vater zurück.

„Die Schlüssel sind weg", sagte er verwundert. „Wie ist denn das möglich?"

„Wir rühren doch deine Sachen nicht an, Heinrich", verteidigte sich die Mutter. „Womöglich hast du sie im Bootshaus liegen gelassen."

„Ist mir noch nie passiert. Aber ich kann ja mal anrufen." Schon griff der Vater zum Hörer.

„Nein, nicht!"

Erstaunt blickte Doktor Lemmle zu seinem Jungen. Und Rainer war es, als habe er wieder das strenge Gesicht des Bootsmeisters vor sich. Als sie nämlich gestern den Kahn heimlich zurückbrachten, hatten sie versehentlich einen anderen gerammt und sich den Zorn des Mannes zugezogen. Natürlich würde der seinem Vater gleich alles brühwarm erzählen. Auch, dass Oskar ihn einen ulkigen Knaben genannt hatte.

„Ich soll nicht anrufen?", fragte der Vater. „Aber warum denn nicht?"

„Die Schlüssel sind mir – ins Wasser gefallen", gestand Rainer endlich.

Da fiel der Hörer auf die Gabel zurück. „Ins Wasser gefallen?" Streng nahm Doktor Lemmle seinen Sohn ins Visier. „Du warst im Bootshaus?"

„Ja, Vati. Gestern."

„Aber wie kommst du nur auf so einen Gedanken, Rainer?", rief die Mutter. „Als ob ich das nicht geahnt hätte, als er gestern so strubbelig heimkam. Wolltest du etwa allein…"

„Nicht allein", haspelte Rainer los. Ängstlich verschloss er den Mund. Oskar und Otto hatte er doch aus dem Spiel lassen wollen!

„Nicht allein? Mit wem denn?", wollte der Vater wissen.

„Ich wollte nur mal Falken… ich meine, Otto und Oskar das Boot zeigen. Und dabei sind mir die Schlüssel ins Wasser gefallen."

„Oskar?"

Bei diesem Namen umwölkte sich die Stirn von Frau Lemmle. „Etwa dieser freche Siebenhüner, über den man in der Schule so oft klagt?"

Um Rainers Mundwinkel zuckte es. Plötzlich richtete er sich energisch auf. „Ja, Oskar Siebenhüner", sagte er fest. „Er ist mein Freund."

Und dabei blieb er auch. Obwohl seine Mutter entsetzt die Hände zusammenschlug und behauptete, ihr Sohn habe sich gestern auch schon frech wie Oskar benommen. Es nutzte nichts. Rainer hielt standhaft zu seinem neuen Freund. Er wunderte sich nur, dass der Vater nichts dazu sagte.

Doktor Lemmle blickte jetzt auf die Uhr. „Es wird Zeit, dass du zur Schule gehst und ich zum Dienst. Über das andere sprechen wir heute Abend, Luise. Und mit dir auch, Freundchen. Hast du verstanden?"

Rainer nickte verstört, holte seine Büchertasche und beeilte sich, aus dem Haus zu kommen. Die erwartete Abreibung war ausgeblieben. Oder hatte Vati den Krach, sozusagen aus Zeitmangel, nur verschoben?

Aber nicht nur bei Lemmles, auch für Oskar machte sich an diesem Morgen so etwas wie dicke Luft breit.

Gestern am späten Abend war sein Vater von einer Dienstfahrt heimgekehrt. Und nun saß die Familie, was bei Siebenhüners nicht alle Tage vorkam, gemeinsam am Frühstückstisch.

Oskar ahnte nichts Böses, als Papa von den Erlebnissen seiner langen Autoreise erzählte. Im Gegenteil, er hörte ihm immer gern zu. Auch als von einer älteren Frau die Rede war, die der Vater gestern Abend vor dem Haus der Volkshochschule getroffen und wegen des starken Regens ein Stück im Wagen mitgenommen hatte, dachte Oskar mit keiner Silbe an die dumme Geschichte mit der Ex-Paukerin. Aber dann wurde er unruhig. Was sagte Papa da?

„...kam Kollege Höpfner, der hinten im Wagen saß, mit der Frau ins Gespräch. Und was stellte sich dabei heraus? Dass sie vor zwanzig Jahren in Werder Höpfners Lehrerin gewesen ist und schon seit 1964 in der Uferstraße wohnt."

Oskar zuckte unmerklich zusammen. In seinen Ohren klirrte es unangenehm. Aber er ließ sich nichts anmerken.

„Ich sag dir, Klara", fuhr Herr Siebenhüner ahnungslos fort, „so eine Wiedersehensfreude hab ich selten erlebt. Die Frau muss eine großartige Lehrerin gewesen sein. Höpfner schwärmt geradezu von ihr. Es nutzte nichts, wir mussten noch auf eine Tasse Tee zu ihr hinaufkommen."

Und wieder splitterte eine Scheibe in Oskars Ohren. Unruhig stand er auf und wollte gehen.

„Aber es ist noch nicht mal halb acht", sagte die Mutter.

Und der Vater zog ihn sanft auf den Stuhl zurück. „Erst wird zu Ende gegessen, Junge. Was ist eigentlich mit dir los? Siehst ja aus, als hättest du 'nen Frosch verschluckt."

Oskar antwortete nicht.

Eifrig bestrich er die nächste Schnitte, obwohl ihm der Appetit vergangen war. Jeden Augenblick erwartete er etwas von einer zerschlagenen Glastür. Und von einem Jungen, dem Adrian ein Loch in die Hose gerissen hatte.

„Was haben wir gelacht, als sie uns von einigen Schulstreichen aus ihrer Lehrerzeit erzählte. Ich glaube, bei ihr wäre ich auch gern Schüler gewesen."

„Bei der Ex-Paukerin?", entschlüpfte es Oskar.

Herr Siebenhüner blickte seinen Sohn nicht gerade freundlich an.

„Untersteh dich, das noch einmal zu sagen", brauste er auf. „Du kennst doch die Frau gar nicht."

Oskars Gesicht färbte sich dunkelrot. Er wusste nicht mehr, wohin er gucken sollte.

„Lass nur, Karl", beschwichtigte die Mutter. „Ich kann mir schon denken, was er hat. Ein schlechtes Gewissen. Stimmt's, Oskar?"

Seine Nase berührte beinah den Tisch. War es möglich, dass die Mutter etwas von gestern erfahren hatte?

„Das begreife ich nicht", meinte der Vater. „Warum denn ein schlechtes Gewissen?"

„Es ist schon eine ganze Zeit her", erzählte Frau Siebenhüner ihrem Mann. „Damals lagen sich Titus und ihr Pudel in den Haaren. Nicht wahr, Oskar?"

„Ach so, ja", antwortete Oskar verstört, stand auf und tat, als habe er einige Bücher vergessen einzupacken. Und dabei hörte er den Vater sagen: „Höpfner will im Betrieb den Vorschlag machen, Fräulein Löblich zu unserem nächsten Brigadeabend einzuladen. Sie soll uns etwas über den schweren Anfang ihrer Schule nach dem Krieg erzählen."

Auch das noch, dachte Oskar und verabschiedete sich flüchtig. Der Gedanke, dass sein Vater auf diese Weise von dem unrühmlichen Fensterschuss erfahren könnte, verfolgte ihn bis zur Schule.

Aber selbst hier wurde sein schlechtes Gewissen nicht entlastet. Im Gegenteil. Ihm kam es vor, als zeigte man heute von allen Seiten auf das Loch in seiner Hose. Dabei hatte er natürlich eine andere angezogen. Vor allem Dolly schien dafür gesorgt zu haben, dass sich die gestrige Blamage überall herumsprach. Und das kränkte ihn mächtig. Selbst während der großen Pause

wollte das Getuschel und Gekicher, besonders unter den Mädchen, nicht aufhören. Sogar Jen, Konrad Pietsch und Alfons Tüchler, die ihn gewöhnlich in ihre Mitte genommen hatten, machten jetzt einen Bogen um Oskar. Ja, sie lächelten geringschätzig, weil er und Otto sich freundschaftlich mit Rainer unterhielten. Jen, der sich vor den Mädchen eitel aufspielte, versuchte aus Oskars Niederlage auch noch einen niederträchtigen Witz zu machen: „Und da kam se mal an een Land, wo se wilde Räuber suchten und dafür bloß een Milchreisbubi fanden…“

Alles lachte. Doch Oskar knirschte wütend mit den Zähnen. Dann begannen die Mädchen gehässig zu bellen. Lydia Baum, diese Knüppelerna, quäkte zum Gaudium der anderen: „Schön aufpassen, Rainerle, dass kein Wauwau kommt und den armen Ossi ins Bein beißt.“

Oskar wollte dieser Suse schon gehörig das Maul stopfen. Da sah er plötzlich Rüpsel Ätzig vor der Schultür stehen und winken. Er stutzte. Galt das ihm? Ach, du blaues Wunder! Jetzt war wohl die lange befürchtete Gardinenpredigt bei Knolle Wampso fällig? Und wenn schon! Er gab sich einen Ruck und marschierte mit Haltung an den anderen vorbei. Abwehrend verschränkte er die Arme über der Brust. Aber Fräulein Seidelbast rief: „Rainer Lemmle, dich meine ich."

Rainer? Oskar zuckte zusammen. Er machte kehrt und latschte scheinbar gleichgültig zurück. Und doch ahnte er Schreckliches. Bestimmt hatte Rüpsel Ätzig vom gestrigen Scheibenschuss Wind bekommen. Und nun sollte wohl Rainer als wichtigster Zeuge vernommen werden?

„Ich schweige", flüsterte der ihm zu, als sie aneinander vorbeigingen. Da lächelte Oskar dankbar zurück.

Rainer aber klopfte das Herz wie ein Dampfhammer, als er vor der Lehrerin stand. Was sage ich nur, dachte er, wenn sie mich nach der dummen Geschichte auf der Uferstraße fragt? Natürlich ist ihr aufgefallen, dass ich mich jetzt ausgerechnet mit den beiden Radaubrüdern der Klasse befreundet habe. Und was soll ich darauf antworten?

Zu seiner Überraschung sagte Fräulein Seidelbast: „Ich freue mich, Rainer, dass du dich so kameradschaftlich um Oskar und Otto bemühst. Eigentlich habe ich es von dir auch nicht anders erwartet."

„Ja, Fräulein Seidelbast." Das klang etwas gepresst.

Sie nahm ihn vertraulich zur Seite. „Es ist höchste Zeit, dass die Disziplin in der Klasse besser wird. Gerade das ist die Aufgabe für die Pioniergruppe. Ihr solltet einmal gründlich darüber diskutieren." Rainer nickte nur und scharrte mit dem Fuß im Sand. Er bekam plötzlich Bauchkneipen.

„Der Direktor hat gestern erst mit mir darüber gesprochen. Wenn jetzt noch das Geringste passiert, wird sich wohl der Elternbeirat mit der Klaase befassen. Aber ich möchte nicht, dass es so weit kommt. Sieh mal zu, wie ihr mir dabei helfen könnt, Rainer. Einverstanden?"

„Ja." Sein Bauchkneipen wurde noch ärger. Aber nun war er entlassen.

„Was war denn?" Oskar und Otto erwarteten ihn ungeduldig. „Weiß sie es?"

Rainer antwortete nicht. Er hatte ein Gefühl, Ameisen verschluckt zu haben.

„Du, wenn das Dolly war, die uns verpfiffen hat", knurrte Otto, „dann mach ich der gleich Licht am Rad. Zimtzicke, die!"

„Sei doch ruhig", bat Rainer und schielte zur Lehrerin.

„Oder war's Jen? Dieser Nieselpriem! Hat wohl lange nicht mit 'nem Glasauge auf 'ne Gipshand..."

„Still!" Ängstlich hielt ihm Rainer den Mund zu.

„Was haste denn?“, wollte Oskar wissen. „Einer von den Knilchen muss uns doch verpetzt haben. Oder?“

„Von gestern war überhaupt nicht die Rede“, jammerte Rainer.

Oskar und Otto atmeten schon erleichtert auf.

„Es ist viel schlimmer!“

„Noch schlimmer?“

Rainer kratzte sich den Kopf und übertrieb in seiner Not absichtlich die Warnungen der Lehrerin: „Jetzt soll sich der Elternbeirat mit uns befassen. Stellt euch das vor! Und der Direktor… ich meine, Knolle Wampso will mit euern Eltern reden. Aber das ist noch nicht alles. Ausgerechnet ich soll dafür sorgen, dass ihr euch höflich benehmt. Gerade jetzt, wo wir doch Freunde sind. Es ist ganz furchtbar.“ Er sah wirklich leidend aus.

„Junge, Junge“, stöhnte Oskar. „Da ist verdammt dicke Luft im Karton.“

„Und und von den Räubernamen“, stockte Otto, „hahat sie davon auch was gesagt?“

„Nicht direkt“, schwindelte Rainer. „Aber bestimmt weiß Knolle Wampso schon, wer es gewesen ist. Sie tat jedenfalls so. Und dann die Sache mit Fräulein Löb… der Ex-Paukerin. Wenn das erst rauskommt!“

Sie standen sich mürrisch gegenüber und ließen die Köpfe hängen. Höhnisch klang das Kichern und Quietschen der Mädchen in ihren Ohren. Bis endlich die Stundenklingel tönte.

„Wenn ich bloß ’nen Einfall hätte, wie wir aus dem Schlamassel rauskämen“, knurrte Oskar. „Dafür tät ich glatt ’ne Prämie aus dem Sparschwein opfern, glaubt ihr?“

Langsam trotteten sie zum Eingang hinüber. Keiner ihrer Gedanken war prämienreif. Endlich meinte Oskar: „Wir müssen eben noch ’ne Große Klumpe machen. Heut Nachmittag um drei, klar? Rainer, bringste wieder den Haifischrachen ins Schilf?“

Traurig schüttelte Rainer den Kopf. „Bei mir zu Haus ist nämlich auch dicke Luft. Aus unsrem Räuberkahn haben sie wieder eine brave Luise gemacht und sie an die Kette gelegt. Gemein, was?“

Das gab Oskar den Rest. „Und da soll man nicht die Krätze kriegen“, schimpfte er.

„Na, dann treffen wir unß eben auf dem Markt“, schlug Otto vor.

„Vielleicht geht’s bei euch in der Laube, Großer Kuru?“

„Gemacht. Aber: Schupzalapläm!“

Oskars tolle Idee

Das war wirklich ein verhängnisvoller Tag für die drei. Und doch sollte heute noch etwas geschehen, womit der arme Rainer, aber auch Oskar und Otto nicht im Mindesten gerechnet hatten.

Als Rainer auf den belebten Havelauer Marktplatz kam, traf er die beiden vor einer Litfaßsäule. Sie begutachteten gerade ein buntes Plakat, das für eine Schiffsreise durch die Havelseen rings um die Stadt warb. Ihre üble Laune wurde dadurch nicht besser. Wieder tauchte die Räuberinsel vor ihnen auf. Nur dort glaubten sie allen Sorgen und peinlichen Befragungen entronnen zu sein. Und dabei war das Inselchen gestern schon greifbar nahe gewesen. Heute aber? Schien es wieder in nebelhafte Ferne entrückt zu sein.

„Verdammt heiß heute", brummte Oskar zu Rainers Begrüßung. Er liebäugelte mit einem Eisstand, der nur wenige Schritte entfernt stand.

„Man müsste sich so 'ne Kühlstange einverleiben."

„Ich denke, wir gehen in eure Laube?"

„Unmöglich", knurrte Oskar. „Da ist der Wurm drin."

„Was denn für ein Wurm?"

„Stell dir vor", klagte Oskar. „Ausgerechnet heute muss Tante Milchen zu Besuch kommen und im Garten Johannisbeeren pflücken. Und da soll man nicht vor Wut kochen?" Wieder schielte er zum Eisstand. „Mensch, Rainer, wenn wir wenigstens im Räuberkahn säßen. Kannste den nicht doch flottkriegen?"

Rainer zuckte die Schultern. Er wagte nicht, nein zu sagen.

„Das wär 'ne Wucht", schwärmte Otto. „Und wenn du dem ulkigen Knaben im Bootsschuppen sagst, dass du seine Kähne in grüner Tinte einweichst? Pass mal auf, wie der zitternd unsern Kahn rausrückt. Na?"

Rainer lächelte sauer. An die dumme Geschichte mit Fräulein Löblich wollte er nicht mehr erinnert werden.

„War wirklich toll, wie du das mit dem Ball gemacht hast", sagte Oskar anerkennend. „Einfach kernig. Hätt ich dir nie zugetraut. Ehrlich! Haste gar keine Angst gehabt?"

„Hab euch doch alles erzählt", antwortete Rainer ärgerlich. „Tut mir den Gefallen und hört auf damit, ja?"

Aber Oskar hielt das für Bescheidenheit. „Wenn ich bloß den Trick wüsste, wie du zu ihr reingekommen bist, ohne dass sie den Köter auf dich gehetzt hat."

Rainer wurde es langsam ungemütlich. „Wolltest du nicht Eis essen?"

„Hast recht.“ Oskar holte Kleingeld aus der Tasche. „Vernaschen wir erst mal ’ne Portion.“ Er schlenderte zum Eiswagen hinüber.

„Bei ’ner kühlen Lutsche krieg ich manchmal enorme Ideen“, behauptete Otto und stiefelte ihm nach.

Jetzt kramte auch Rainer ein paar Pfennige hervor. Wenn sie nur nicht wieder von der Ex-Paukerin anfangen, dachte er und wollte sich hinter Otto in die Reihe stellen.

Da bemerkte er einen alten Mann mit Krückstock, der sich hinter ihn stellen wollte. Selbstverständlich ließ ihm Rainer den Vortritt.

„Danke, mein Junge", sagte der Mann.

Inzwischen hatte Oskar seine Eistüte bekommen. Er streckte schon die heiße Zunge danach aus. Im selben Augenblick entdeckte er, nur wenige Schritte entfernt, eine lange, dünne Frau mit einem Pudel an der Leine, die sich mit einem älteren Mann unterhielt. Die drei kamen direkt auf den Eiswagen zu.

Oskars Zunge zuckte zurück. „Die Ex-Paukerin!", zischelte er.

Otto, der eben sein Geld auf den Kassenteller legen wollte, fuhr herum. Wahrhaftig! Aufgeregt stupste er seinem Hintermann in den Bauch. Aber dort stand nicht Rainer, sondern ein alter Mann, der böse mit dem Krückstock aufstampfte.

Mit Windeseile fegten Oskar und Otto hinter die nahe Litfaßsäule. Ängstlich drückten sie sich gegen den Steinbauch. Wo nur Rainer geblieben war? Vorsichtig schielte Oskar um die Säule.

Rainer stand noch immer vor dem Eiswagen. Ahnungslos nahm er eine Portion entgegen. „Danke", sagte er.

„Schupzalapläm!", rief Oskar. Doch die Warnung kam zu spät. Fräulein Löblich hatte den armen Rainer eben entdeckt. Jetzt war er ihr schonungslos ausgeliefert.

„O mamma mia", jammerte Otto. Und auch Oskar schwante Furchtbares. Gleich würde die Ex-Paukerin über den frechen Kerl herfallen, der ihren Teppich in grüner Tinte einweichen wollte. Womöglich rief sie sogar nach der Polizei?

Schon sprach sie ihn an. Oskar und Otto duckten sich. Am liebsten wären sie in den Steinbauch hineingekrochen. Doch dann horchten sie auf. Und wollten ihren Ohren nicht trauen. Was sagte sie da?

„Guten Tag, Rainer! Das ist der liebenswürdige Junge, von dem ich dir erzählt habe, Gregor. Nun, was macht der Fußball? Du darfst ihn ruhig behalten. Bis heute hat sich der Scheibenschütze nicht bei mir blicken lassen. Eigentlich müsste ich das mal mit dem Direktor der Schule besprechen. Es gehört sich doch… Oh! Jetzt hat er sein Eis fallen lassen. Macht nichts, Rainer. Bitte geben Sie dem Jungen noch eine große Portion, Fräulein."

Vor Schreck flutschte auch Oskar das Eis aus der Hand und fiel in den Rinnstein. Ohnmächtig musste er zusehen, was für eine Riesenportion Rainer zurechtgemacht bekam, während Adrian das Eis auf der Erde vernaschte. Das Wasser lief ihm im Mund zusammen.

„Hahaßte Töne?“, pischperte Otto. „Ich denke, der hat ihren Teppich in grüner…“

„Pscht!“, machte Oskar. Was sagte sie jetzt?

„Du darfst mich gern wieder einmal besuchen, Rainer. Auch wenn du nicht leere Flaschen sammelst. Lass es dir gut schmecken. Wiederschauen!“

„Vielen Dank“, hörten sie Rainer zwischen den Zähnen antworten.

„So eine Flasche!“, knurrte Otto, während er Fräulein Löblich und ihrem Begleiter nachblickte. „Der hat nach Flaschen gefragt. Und uns spinnt er ’nen Affenzahn vor…“

„Halt die Klappe!“

Otto guckte Oskar reichlich verwirrt an. Dessen Augen wurden jetzt schlitzschmal. So, als ob er eine kolossale Entdeckung gemacht hätte.

„Mann, Otto!“ Er schlug seinem Freund herzhaft auf die Schulter. „Ich hab ’ne tolle Idee!“

Dann flüsterten die beiden aufgeregt miteinander.

Noch immer stand Rainer belämmert mit der Rieseneistüte auf der Straße. Nervös suchten seine Augen die Umgebung ab. Er atmete schon auf, weil die beiden nirgendwo zu sehen waren. Ob sie es gar nicht gehört hatten? Plötzlich lachte es hinter ihm. Er drehte sich um. Also doch! Hinter der Litfaßsäule hatten sie gelauscht.

Jetzt ist alles aus, dachte Rainer. Gleich werden sie wieder Milchreisbubi zu mir sagen. Und mit unsrer Freundschaft ist es vorbei.

Doch dann geschah etwas, das den armen Rainer ganz und gar durcheinander brachte. Die beiden Schlawiner fielen nämlich keineswegs mit lästerlichem Spott über ihn her. Im Gegenteil! Sie boxten ihm anerkennend in die Rippen, lachten übermütig und riefen ein über das andere Mal: „Ist ja eine tolle Idee! Eine tolle Idee ist das!“

„Ja, aber… habt ihr nicht gehört, was sie gesagt hat?“

„Alles“, bestätigte Oskar fröhlich. „Das ist es doch grade! Warum ich da nicht schon früher draufgekommen bin. Wozu haste uns denn erst so ’n Quatsch vorgesponnen? Mit Kristallvase, grüner Tinte und alles? Mann, wie du das wirklich gemacht hast, das ist… phänomenal ist das!“

Bestimmt hat ihnen die Hitze geschadet, dachte Rainer mitleidig. Soll ich sie einfach stehen lassen? Die beiden Jungen aber nahmen ihn vergnügt in die Mitte und schlenderten, während sie abwechselnd an seinem Eis schleckten, langsam über den alten Marktplatz.

„Überleg doch bloß mal, Rainer“, fing Otto wieder an, „was du damit alles geritzt hast. Und das ohne Geschrei und auf die Pauke hauen. Den Ball haste ihr abgenommen. Leere Flaschen kannste bei ihr haben. Und obendrein noch 'ne Fuhre Eis! Na?"

„Einfach phäno… egal!", posaunte Otto und machte einen Freudenhopser.

Rainer musste zusehen, wie sein Eis immer weniger wurde. „Wenn ich bloß wüsste, ob ihr noch richtig im Kopf seid. Was soll denn das alles bedeuten?"

„Wirste gleich merken", meinte Oskar. „Sei mal kein Frosch und erzähle der Reihe nach, wie das wirklich gewesen ist bei der Ex-Paukerin, ja? Aber nicht wieder spinnen."

Jetzt ist schon alles egal, sagte sich Rainer. Und so erzählte er den beiden, auf welche unerwartete Weise er gestern zu Ottos Ball gekommen war.

Oskar und Otto hörten so aufmerksam zu, als erführen sie endlich die Lösung eines schwierigen Zauberkunststücks. Es begeisterte sie zusehends mehr. Oskar wollte sogar wissen, mit welchen Worten Rainer sich vorgestellt hatte.

„Na, eben so, wie ich's gelernt habe."

„Wie denn nu?", drängte Oskar.

„Gestatten Sie… Rainer Lemmle, hab ich gesagt."

Plötzlich klappte Oskar mitten auf dem Marktplatz die Hacken zusammen, knickte komisch mit dem Oberkörper ein und schnarrte wie der General in einer Operette: „Gestatten… Oskar! Darf ich mal gefälligst um Ihre werten Flaschen bitten, ja? War's so richtig, Rainer?"

„Nein doch, anders. Passt auf."

Und dann ging alles wieder von vorn los. Es sah tatsächlich aus, als hätte die beiden Schlawiner plötzlich ein unheilbarer Höflichkeitsfimmel gepackt. Sie ließen auch gar nicht locker und quetschten den geplagten Rainer über jede Kleinigkeit aus, wie man sich wohl in diesem oder in jenem Fall nach den strengen Regeln des guten Tons zu verhalten habe.

„Und wenn ich wirklich ganz scharf raus muss aufs Klo? Wie heißt 'n das auf vornehm, Rainer?"

„Wie ist 'n das, wenn ich mal einer Dame versehentlich auf die Quanten latsche! Was muss ich 'n dann sagen?"

Rainer gab geduldig Auskunft. Er war ja Kummer gewöhnt bei den beiden. Aber langsam wurde es ihm doch zu viel.

„Und ausspucken, Rainer?", wollte Oskar wissen. „Darf man das überhaupt nicht?"

„Wenn ihr mir nicht endlich sagt, was der Blödsinn soll, geh ich nach Haus."

„Blödsinn?", regte Oskar sich auf. „Du kapierst auch rein gar nichts, Rainer. Wir wollen wirklich wissen, wie man sich so richtig schnieke benimmt."

Rainer schielte ihn ungläubig an. Da wurden Oskars Augen wieder schlitzschmal.

„Stell dir bloß mal vor", sagte er vergnügt, „wie unser Rüpselchen oder auch Gurgeli Krähmatsch mit den Ohren wackelt, wenn wir mit einemmal so akademisch beschlackert daherreden. Die fallen glatt um, glaubste?"

„Du, das wird 'ne Wolke!", versicherte Otto.

„Und dabei könn' die gar nichts machen", freute sich Oskar. „So richtig fein benehmen ist nämlich nicht verboten. Du, ich freu mich noch halb dämlich. Ganz große Klasse wird das."

Otto machte bereits einen Versuch mit dem fürnehmen Getue, wie er es ausdrückte. Er zog ein leidendes Gesicht, faltete die Hände über dem Bauch und züngelte: „Eß iß mir ganß fürchterßam peinlich, daß ich Sie so böse drangsaliert habe, Fräulein Seidelbast." Danach bekam er einen Lachkrampf.

Rainer aber schien nach dieser ersten Probe ihres höflichen Benehmens nicht überzeugt zu sein, dass dies ein gutes Ende nehmen könne. War es nicht eigentlich wieder eine ausgeklügelte Frechheit?

„Wenn ich's mir so richtig beschnarche", meinte Oskar, „dann gefällt mir die Idee noch besser als die Räubersprache. Und eigentlich ist's ja auch so was wie Abällinisch."

„Genau!" Otto quietschte vor Lust. „Wie 'ne Ersatzräubersprache ist das. Du, es wird einfach kernig."

„Na, ich weiß ja nicht", warf Rainer zaghaft ein.

„Waas?", rief Oskar. „Mann, Rainer! Wir waren ja schon manchmal eklig frech. Aber das? Das ist Weltniveau!"

Da musste Rainer laut lachen. Und wieder pufften sie sich und kreischten und quietschten wie gestern an der Havel. Bis ein Polizist an der nächsten Ecke auftauchte.

Als hätte man sie bei einer Großen Klumpe erwischt, so schnell machten sie sich jetzt aus dem Staub.

Der Geheimbund in der Gartenlaube

Tags darauf, der Unterricht war gerade zuende, konnte man an der windschiefen Tür zu Siebenhüners Gartenlaube ein Schild sehen, das früher mal an der Lehrertoilette gehangen hatte. Darauf stand:

ACHTUNG! SELBSTSCHÜSSE!

Vor der Tür lag, jederzeit sprungbereit, Oskars treuer Titus, um vor jedem Eindringling mit lautem Gekläff zu warnen. Und um ganz sicher zu sein, hatte man obendrein auch noch die Fenster der Laube dicht verhängt. Was ging hier vor sich?

Wer die sechs Jungen und das Mädchen um den wurmstichigen Tisch in der engen Laube sitzen sah, hätte meinen können, es handle sich um ein Narrenkabinett. Diese schweigsamen Gesellen hielten, ihre Rücken steif wie Bretter und die Arme krampfhaft angewinkelt, Messer und Gabeln in Händen. Einige waren auch nur mit irgendwelchen Holzstäben bewaffnet. Und damit hantierten sie stumm wie Zauberer auf Blechschalen, dem Hundefressnapf oder auf dem blanken Tisch. Denn was sie da verzehrten, war offenbar nichts als Luft. Andächtig zerschnitten sie den blauen Dunst, spießten ihn auf und führten ihn wie ein köstliches Bratenstück zum Mund. Dann zerkauten sie das Nichts genießerisch klein, wobei sie die Augenbrauen hochzogen und verzückt Wohllaute von sich gaben.

Nur einer der Jungs, es war Jen, benahm sich in dieser piekfeinen Gesellschaft wie der Elefant im Porzellanladen. Er flegelte breitbeinig auf dem alten Sofa, lümmelte mit den Ellbogen auf dem Tisch und sog laut schlürfend Luftsuppe ein. Ab und zu tunkte sogar sein Kinn in den unsichtbaren Teller.

Jen sollte als abstoßendes Beispiel wirken.

An der Schmalseite des Tisches aber saß ein strenger Lehrmeister. Er hatte ein dickes Benimmbuch neben sich und überwachte mit eisiger Miene jede Bewegung an der Tafel. Da brauchte bloß jemand – außer Jen natürlich – die Gabel fallen zu lassen, das Messer quer durch die Zähne zu ziehen oder mit dem Löffel nach einer Fliege zu schlagen, schon griff er energisch ein. Und dieser Lehrmeister der feinen Manieren war Rainer Lemmle.

Nach Oskars neuester Idee tagte hier der

GEHEIMBUND FÜR GUTES BENEHMEN.

Vor einer Stunde etwa war er feierlich gegründet worden.

Am Vormittag hatte Rainer zu einer Aussprache über das unmögliche

Verhalten einiger Schüler eingeladen. Und das geschah, bitte sehr, auf ausdrückliche Empfehlung von Fräulein Seidelbast. Zugleich aber hatte Otto geheimnisvoll etwas von Oskars toller Idee getuschelt und sie aufgefordert, Messer, Gabeln und andere Werkzeuge mitzubringen. Das hörte sich ja beinah an, als stünde ein Schlachtfest bevor. Zumindest aber war so etwas wie

eine neue Sensation zu erwarten. Und dazu waren Konrad, Jen, der schlaksige Tüchler und die neugierige Dolly jederzeit bereit.

In der Laube hatte Oskar alles vorbereitet. Es gab zwar Bedenken, dass ausgerechnet Rainer als „Vorsitzender Rat“ des Geheimbundes eingesetzt wurde. Doch in diesem Fall war Oskar nicht unbedingt der geeignete Mann, das sahen sie ein. Und als er ihnen klargemacht hatte, was für eine erstaunliche Wirkung die Ersatzräubersprache auf ihre Lehrer haben würde (Pscht! Nicht weitersagen!), waren ihre Gesichter vor Vergnügen immer mehr in die Breite gegangen. Einige hatten mit dem Besteck Beifall geklappert. Und Dolly hatte gezwitschert: „Ich rieche den Braten schon."

Dabei roch es in der muffigen Laube eher nach schimmligem Hundekuchen. Endlich hatte Oskar die Mitglieder des Geheimbundes zu strengem Stillschweigen verpflichtet. Denn der Witz der Geschichte war doch, dass ihr akademisch beschlackertes Benehmen schlagartig auf Oskars Kommando hin in der Schule einsetzen sollte.

Augenblicklich war man also bei dem Kapitel:

BENEHMEN BEI TISCH.

„Dolly, wirst du wohl still sitzen", tadelte Rainer. Dann las er wie ein Gelehrter aus seinem dicken Buch vor: „Das ungehörige Hinundherrücken während der Einnahme des Mahles ist höchst unschicklich."

Der gestelzten Sprache nach war es wohl ein ziemlich altes Anstandsbuch. Doch was half's? Abällinisch zu lernen war, wenn man es genau nahm, schließlich auch eine harte Nuss. Außerdem blieb bei Rainer Lemmle, sobald er wissenschaftlich wurde, jeder Widerspruch zwecklos.

Dolly, dieses ungebildete Ding, muckste trotzdem auf.

„Dann müsste man aber wenigstens den krummen Nagel aus der Bank ziehen", meckerte sie. „Der piekt mich nämlich bei der Einnahme des Mahles. Ich hab schon 'ne richtige Beule am Hin…teren Teil."

„Unerhört!" Der Herr Vorsitzende Rat erteilte Dolly wegen ungebührlichen Benehmens eine Rüge. Darauf musste sie sich laut Statut des Geheimbundes „in aller Form" entschuldigen.

„Ich bitte sehr um Verzeihung", zwitscherte sie. „Würden Sie mir freundlichst sagen, Herr Geheimrat, wie ich vornehm sprechen muss, dass mich etwas an diesem Körperteil piekt?"

„Das kommt später dran", antwortete Rainer. „Wir sind jetzt erst beim Essen."

„Aber so lange kann ich nicht warten. Wenn mich da was piekt, muss ich's doch auch beim Essen sagen dürfen."

„So was darf man überhaupt nicht aussprechen", wurde sie belehrt. „Höchstens, wenn man Gesäß sagt."

Jen, dieser Elefant im Porzellanladen, grinste unverschämt und bemerkte frech: „Wenn 'ch mir eure gomischen Jesichter ansähe, find 'ch mein Jesäß wieder scheen."

Da platzte Dolly laut heraus.

Aber nun schritt Rainer energisch ein. „Dolly, du gehst zur Strafe sofort in die Kammer nebenan und öffnest ein Glas mit Kirschen aus Tante Milchens Vorrat. Oskar, du gehst mit und passt auf, dass sie keine Kirsche verzehrt. Zur Strafe. Wir kommen gleich zum Abschnitt ‚Steinobst als Kompott'."

Es gab keine Widerrede. Dolly und Oskar verschwanden in der Kammer.

Und die anderen übten noch einmal Messer- und Gabelhaltung. Einige hielten sie nämlich immer noch wie Hammer und Zange zwischen den Fingern. Die Sache war auch schwierig genug, weil man das Besteck nur flach über dem Teller halten durfte. Konrad, der sich redlich mühte, gab es jetzt stöhnend auf. Er legte sein Werkzeug hin und fasste mit beiden Händen auf den Teller, nahm ein Luftstück an den Mund und biss herzhaft hinein.

Otto ließ darauf klirrend sein Besteck in den Hundenapf fallen. Alle sahen Konrad empört an. Und Rainer verschlug es einfach die Sprache.

„Was wollt ihr denn?", fragte Konrad unschuldig. „Ich vernasche doch eine Hühnerkeule. Und die darf man ausnahmsweise mit den Fingern anfassen. Haste vorhin gesagt, Herr Rat."

Die Nerven des armen Rainer wurden in dieser Gesellschaft wirklich stark strapaziert. Er hätte sich die Haare raufen können. Doch das wäre, laut Anstandsfibel, weitaus schlimmer als unschicklich gewesen.

Glücklicherweise kamen jetzt Oskar und Dolly mit den Kirschen. Und so konnte er zum nächsten Abschnitt übergehen. Jeder erhielt zehn Kirschen in die linke Hand gezählt. Aber in diesem schwierigen Fall war die Hand keine Hand, sondern eine Kompottschüssel, versteht sich. Und die hatte auf einem kleinen Teller zu stehen, der „zur Aufnahme der Kirsch- in Klammern Pflaumensteine" bestimmt war. So stand es in Rainers Buch. Nun herrschte aber in Siebenhüners Gartenlaube ein ziemlicher Engpass an Essgeschirr. Die lieben kleinen Tellerchen bestanden also auch nur aus Luft. Und das erschwerte den Unterricht kolossal.

Sehnsüchtig und schon ein bisschen erschöpft von der Tortur des Hauptgerichts schielten alle auf die herrlich roten Früchte. Aber an Essen war noch nicht zu denken. Der gestrenge Herr Rat erläuterte zunächst theoretisch den komplizierten Essvorgang. Und das, während Jen, dieses abstoßende Beispiel, gleich fünf Kirschen auf einmal in den Mund stopfte und danach die Steine lustig in die Gegend spuckte, dass es nur so durch die Laube pfiff.

„Wenn Jen nicht gleich aufhört", beschwerte sich Tüchler, „krieg ich noch 'n Koller und esse alle auf einmal."

Aber da griff Oskar ein. „Bitte ums Wort", sagte er.

Der Geheimrat war einverstanden.

„Ohne abstoßendes Beispiel geht es nicht“, erklärte Oskar. „Weil wir das als Training brauchen, klar? Wenn wir uns nämlich in der Schule so richtig akademisch beschlackert benehmen, dürfen wir uns durch Zickentiroler nicht rausbringen lassen.“

Tüchler zog die Mundwinkel nach unten und guckte traurig auf seine Kirschen.

„Bitte den kleinen Löffel nehmen“, sagte der Geheimrat. Dann las er vor: „Daumen und Zeigefinger umfassen den Stiel des Kompottlöffels, der auf dem Mittelfinger ruht. Man entnehme dem Schüsselchen tunlichst nur eine Kirsche in Klammern Pflaume, Konrad, du brauchst gar nicht so zu grinsen, und führe sie bei einer leichten Neigung des Kopfes dem Munde entgegen. Dabei öffne man die Lippen nicht weiter, als zur Aufnahme der Kirsche in Klammern Pflaume…“

„Aua!“, schrie Tüchler aus. „Jen hat mir an den Kopp gespuckt. Zickentiroler, du! Doof wie Stulle, bloß nicht so nahrhaft, was?“

Der Geheimrat war außer sich. Und Oskar fiel zum ersten Mal aus der Rolle.

„Jetzt ist der Bock aber fett“, raunzte er Tüchler an. „Jen darf spucken, wie er will, verstehste? Der darf sich ganz natürlich benehmen. Und du machst gefälligst kusch, du Nieselpriem.“

„Was?“, wehrte sich Tüchler. „Lass ich mir doch von dir nicht sagen. Hier biste genauso Benimmschüler wie ich.“

Oskar schäumte vor Wut. Das war ihm noch nicht vorgekommen! Er duckte sich schon und wollte den frechen Tüchler an die frische Luft setzen. Aber da griff der Geheimrat energisch ein.

„Wenn ihr nicht sofort macht, was ich sage“, drohte er, „dann hau ich ab!“

Oskar stöhnte. Da hab ich mir aber was Feines eingerührt mit der dämlichen Benehmität, dachte er grimmig. Dagegen war ja unser Abällinisch ’ne richtige Erholung!

„Alfons und Oskar“, sagte der Geheimrat, „ich erteile euch wegen zügellosen Betragens eine strenge Rüge.“

Oskar schluckte schwer. Ausgerechnet er sollte sich eine Rüge gefallen lassen? Und das von diesem Milchreisbubi?

„Eine gewisse Leichtigkeit im zwanglosen Gespräch bei Tisch ist durchaus angebracht“, las Rainer aus dem Ersatz-Abällino vor. „Wird sie jedoch zur Taktlosigkeit gegen andere, so hat sich derjenige in wohlgesetzten Worten tunlichst zu entschuldigen.“

Jetzt war Oskar explosionsreif. Seine Ohren gingen noch ein bisschen mehr in die Breite. Die kurzen, steilen Haare schienen sich vor Wut zu krümmen. Der Mund wurde schmal wie eine Schießscharte. Schon wollte er etwas sehr Unanständiges herausschreien und sie allesamt aus der Laube jagen. Die Kirschen in seiner Hand tänzelten nervös…

Da stand Rainer entschlossen auf. Laut schlug er sein Anstandsbuch zu. Klemmte es unter den Arm und wollte wahrhaftig gehen.

„Warte doch“, knurrte Oskar.

Rainer blieb stehen und guckte ihn erwartungsvoll an.

„Ent… schuldigt bitte“, brachte Oskar mit Anstrengung hervor.

„In Ordnung.“ Rainer setzte sich wieder. „Wie ist es mit dir, Alfons?“

„Na gut, dann eben ich auch“, murmelte Tüchler.

„Was heißt ‚ich auch‘? Entweder wir üben das richtig oder wir lassen es sein.“

Endlich bequemte sich auch Tüchler. „Ich bitte um Verzeihung.“

Nun konnte der Unterricht in Sachen Steinobst seinen Fortgang nehmen. Nachdem Rainer die Prozedur mit den Steinen erklärt hatte, die mit dem Löffel vom Mund auf den Tellerrand zu legen waren, durften die braven Schüler tatsächlich die erste Kirsche essen. Und die schmeckte ihnen, als verschlängen sie nach einer Hungerkur Erdbeeren mit Schlagsahne.

Am Ende aber zählte der misstrauische Lehrmeister auf ihren Tellern die Steine nach. Da durfte natürlich keiner auf das weiße Tischtuch oder gar in den Suppenteller vom Nachbar geflutscht sein. Und siehe da, Otto konnte nur neun Steine nachweisen.

„Wo ist der zehnte?“ Rainer suchte ihn schon unter dem Tisch. Im selben Augenblick schmuggelte Jen so ein glitschiges Ding auf Ottos Tellerrand.

„Da sind doch zehn“, regte Otto sich auf. „Was ’n richtiger Geheimrat ist, der darf sich aber nicht verzählen.“

Rainer wollte schon aufbrausen.

Da klopfte ihm Dolly vertraulich auf die Schulter. „Nimm’s nicht so tragisch. Passiert mir manchmal auch.“

„Was? Bei dir sind es ja nur fünf Steine“, fuhr er sie an. „Wo sind die anderen?“

Dolly feixte. „Die find’ste bestimmt nicht.“ Sie stipste mit dem Finger auf ihren Bauch. „Hier sind sie.“

„Du hast sie verschluckt? Aber das ist doch…“

„…viel bequemer“, meinte Dolly. „Eh ich wie ’n Jongleur mit den Kirsch- in Klammern Pflaumensteinen balanciere, verschluck ich sie lieber. Blinddarm ist schon seit drei Jahren raus.“

Peng! machte es über ihnen. Jen hatte mit seinem letzten Stein endlich den Lampenschirm getroffen.

„Volltreffer!", brüllte er und haute mit der Faust auf den wackligen Tisch, dass die abgelutschten Steine lustig durcheinander kullerten.

Sogar der Geheime Rat konnte sich das Lachen nicht länger verkneifen. Und alle fanden Oskars tolle Idee wieder einmal kernig. Später, als das Kapitel

BENEHMEN GEGEN ERWACHSENE

behandelt wurde, musste Dolly die Rolle einer Dame übernehmen.

„Oskar", bestimmte Rainer, „du führst jetzt die Dame in eure Wohnung. Wie machst du das?"

„Wieso ich? Lieber 'n anderer. So was wie 'ne Dame kriegen wir bei uns nur selten rein."

„Und wenn zum Beispiel Fräulein Seidelbast euch besuchen kommt?"

Na, bloß das nicht, dachte Oskar. Ich kann mir schon denken, was die will. Aber unter Rainers strengem Blick fügte er sich schließlich.

„Gut. Ihr geht jetzt nach nebenan in die Kammer", sagte er. „Das ist euer Flur. Und jetzt lässt du die Dame eintreten."

Wenn's weiter nichts ist, dachte Oskar und latschte Dolly nach. Die hob absichtlich ihre Stupsnase und wedelte herausfordernd mit dem Pferdeschwanz. Ganz Dame, sozusagen. Dann standen sie hinter der offenen Tür. Aber Dolly schien auf etwas zu warten, ehe sie zurückging.

„Na, geh doch", brummte Oskar.

„Nein", widersprach Rainer sofort. „Anders. Du musst die Dame höflich bitten, einzutreten."

Oskar kratzte sich am Kopf und schielte Dolly nicht gerade freundlich an. Endlich sagte er: „Woll'n Sie mal gefälligst reintreten in die gute Stube, ja?"

„So auch nicht. Höflicher musst du es ausdrücken."

Es dauerte ein gutes Weilchen, bis Oskar endlich den Bogen raushatte. Aber dann machte er eine einladende Handbewegung und sagte, wenn auch ein bisschen übertrieben: „Bitte nach Ihnen, Fräulein Seidelbast."

„Du machst es einfach großartig", lobte ihn später Rainer. „Wenn es darauf ankäme, könntest du schon morgen anfangen."

Doch Oskar schüttelte den Kopf. „Nicht eher, bis wir alle so richtig in Form sind. Aber dann! Macht ihr morgen wieder mit?"

Rainer kündigte an, dass sie das Kapitel

SAUBERKEIT UND ORDENTLICHER ANZUG

durchnehmen würden.

„Gemacht", sagte Oskar. „Aber Schupzalapläm!"

Als sie sich verabschiedet hatten und Oskar seinen Titus an die Leine nahm, begann er auf dem Heimweg in wohlgesetzten Worten auf den Hund einzureden: „Würdest du die Freundlichkeit haben, nicht so laut zu bellen? Es passt sehr schlecht zu einem wohlerzogenen Köter."

Titus starrte ihn aus seinen treuen Hundeaugen ängstlich an. Da brüllte Oskar aus Leibeskräften: „Kuruwutschuu!", und bellte mit Titus um die Wette.

Die Generalprobe

Es war wirklich erstaunlich, mit welchem Eifer die sieben Geheimbündler in Siebenhüners Laube das Studium der feinen Manieren betrieben.

Inzwischen waren mehr als zwei Wochen vergangen und der ersten Schulung viele andere gefolgt. Auch wenn es manchem noch so sauer wurde, sie blieben alle bei der Stange. Es sah tatsächlich aus, als wollten sie am Ende als Musterexemplare der Höflichkeit zur Messe der ‚Meister von Morgen' geschickt werden.

Noch ahnte niemand – weder Mitschüler noch Fräulein Seidelbast –, was für ein heimtückischer Anschlag auf den lieb gewordenen frechen Ton hier vorbereitet wurde. Denn die Geheimbündler waren verpflichtet, sich in der Schule und zu Haus möglichst noch ruppiger zu benehmen als sonst. Schon deshalb, damit niemand Verdacht schöpfte.

Hier aber, in der sicher bewachten Laube, feuerte der Geheimrat die Salontiroler – so nannte Jen, dieses abstoßende Beispiel, die piekfeinen Pinsel – zur Erstürmung höchster Gipfel höflichen Betragens an. Aber als er sich eines Tages so weit verstieg, auch noch das Kapitel

ÜBER VORNEHME GESELLIGKEIT IN FRACK,
SMOKING UND ABENDKLEID

durchzunehmen, platzte einigen doch der Kragen.

„Mann, das haut ja den stärksten Eskimo vom Schlitten", legte Konrad in alter Frische los. Bis heute hatte er höchstens böse Miene zum guten Spiel gemacht. Aber jetzt wurde es ihm doch zu viel.

„Willste vielleicht zum nächsten Polytechnischen Unterricht Meister Göllner in der Werkstatt mit Frack und Zylinder in die Flucht jagen? Hier! Ich hab doch noch alle Tassen im Schrank."

„Bitte nicht diese Töne, ja?", näselte Dolly, die heute wieder die feine Dame spielte. „Wenn das weiter so geht, bekomme ich noch Migräne. Gott, meine Nerven! Jeden Tag in der Schule dieses ordinäre Benehmen, das halte ich nicht mehr lange aus. Vergesst nicht, ich bin eine Dame."

„Ist doch bloß Tarnung", beschwichtigte Oskar. „Tarnung ist kolossal wichtig. Steht wörtlich im Abällino."

„Na ja", meinte Otto und rümpfte die spitze Nase. „Aber gegen unser Abällinisch ist das fürnehme Gequassel ja beinah perfekt ausländisch. Mensch, wenn es nicht bald losgeht in der Schule, krieg ich noch 'n Drehwurm. Vormittag so und Nachmittag so, das hält der gemütlichste Schimpanse nicht aus. Gestern beim Frühstück zu Haus, da hätte ich doch ums Haar das gekochte Ei geküsst und mit 'm Eierlöffel meiner Mutter gegen die Stirn gekloppt. So durcheinander bin ich schon!"

Jetzt wurde es turbulent. Sie quasselten alle durcheinander. Manche sprachen dafür, andere dagegen, schon jetzt mit dem akademisch beschlackerten Benehmen in der Schule anzufangen. Darüber gerieten sie sogar in Streit.

Schließlich musste Rainer das Kapitel über vornehme Geselligkeit abbrechen. Ärgerlich haute er mit der Faust auf den Tisch. „Ich bitte um Ruhe!", schrie er.

Endlich saßen sie wieder mit steifen Rücken da und zogen andächtige Gesichter.

„Wir stimmen ab", sagte Rainer würdevoll. „Wer dafür ist, dass wir noch zwei oder drei wichtige Kapitel durchnehmen, den bitte ich um das Handzeichen."

Er meldete sich zuerst. Seiner Meinung nach hatten die meisten noch bedenkliche Lücken im höflichen Benehmen.

Nach ihm hob, zur Überraschung aller, Oskar die Hand. Nicht so sehr wegen der Lücken. Er hatte einfach Lampenfieber vor seinem ersten öffentlichen Auftritt als höflicher Junge. Kam sich vor wie ein Mannequin, das bei einer Modenschau zum ersten Mal über den Laufsteg gehen soll.

Jetzt meldete sich Konrad. Wenn er es auch nicht laut sagte, es genierte ihn doch, plötzlich unnatürlich fein zu tun. Besonders vor den Mädchen in der Klasse. Er fürchtete nichts mehr als ihr albernes Gegacker.

Da stand es also drei gegen vier, und Otto schrie: „Ich könnt mich kringeln, wenn ich dran denke, wie Rüpsel Ätzig morgen..."

Aber nun hob, unter heftigem Protest der anderen, Jen die Hand, während er schräg auf dem alten Sofa lümmelte. „Ich bin dagegen", sagte er in seinem reizenden Sächsisch.

Buhrufe und Pfiffe antworteten ihm.

„Na, ihr habt's leicht", rief er. „Aber bei mir klappt's eben noch nicht so richtig. Als abstoßendes Beispiel brauch 'ch dringend noch een baar Nachhilfestunden."

Davon ging er auch nicht ab. Obwohl manche heftig protestierten und den unmöglichen Jen von der Abstimmung ausschließen wollten. Es nutzte leider nichts. Jetzt stand es vier gegen drei. Der Unterricht sollte am nächsten Sonnabend fortgesetzt werden.

„Wir treffen uns hier um die gleiche Zeit", sagte Oskar erleichtert.

Rainer kündigte bereits ein neues Kapitel an. Es hieß:

ÜBER DEN UMGANG MIT MÄDCHEN UND ANDEREN FRAUENZIMMERN.

Darüber gab es viel Naserümpfen und abfällige Bemerkungen. Nur Dolly trug ihre Stupsnase noch ein bisschen höher als sonst. Konrad, dem die Mädchen ohnehin ein Gräuel waren, meckerte: „So 'n Quatsch, warum reden wir nicht lieber über den Umgang mit Herrenzimmern?"

Leider sollte es am Sonnabend zu dem angekündigten Kapitel nicht mehr kommen. Am Sonntag darauf stand ihnen nämlich so etwas wie eine Generalprobe im höflichen Benehmen bevor. Und dabei ahnte Oskar noch nicht, wie ernst diese Prüfung vor allem für ihn werden sollte.

Am Samstagnachmittag war er vor der Laube dabei, seinem Titus gute Hundemanieren beizubringen. „Jetzt mach mal 'ne Lauer", kommandierte er. „Ich bin eine Dame, verstehste? Und du bist ein wohlerzogener Hund. Mach Männchen. Hopp!"

Titus gähnte ihn verständnislos an. Und als Oskar böse wurde, gab er ihm die Pfote.

„Falsch", rief Oskar. „Total falsch! Du musst warten, bis dir die Dame die Pfote gibt. Verstanden? Und jetzt noch einmal."

Da sah er Rainer kommen. Und der machte ein Gesicht wie drei Wochen Landregen.

„Was haste denn?", fragte Oskar. „Wohl schlecht geeimert heute?"

„Wenn du wüsstest, wen ich eben in der Bücherei getroffen hab!"

„Wen denn?"

„Die Ex-Paukerin! Seit einiger Zeit arbeitet sie dort. Und weißt du, wer neulich bei ihr war? Fräulein Seidelbast."

Vor Schreck drückte Oskar seinem Titus so die Pfote, dass der aufjaulte. „Ist nicht wahr", stieß er hervor.

„Leider ja. Bloß weil die beiden Lehrerinnen sind, kamen sie ins Gespräch. Und dabei muss Fräulein Löblich auch den Scheibenschuss erwähnt haben. Sie hat mir nämlich gesagt, Fräulein Seidelbast würde die Sache klären. Und was noch fürchterlicher ist: Mich hat sie gelobt und Seidelschnürchen meinen Namen genannt. Ich hätte heulen können, glaubst du?"

Auch Oskar sah bemitleidenswert aus. Er kraulte Titus das Fell, als ob es der Hund wäre, der Trost brauchte!

„Tut mir ja leid", sagte Rainer. „Aber Fräulein Löblich weiß doch nicht, dass wir Freunde sind. Sonst hätte sie es von Fräulein Seidelbast bestimmt nicht verlangt."

„Was hat sie verlangt?"

„Na ja, dass du dich bei ihr entschuldigst und den Schaden mit der Glastür wiedergutmachst."

„Und Fräulein Seidelbast? Was hat sie gesagt?"

„Sie wusste sofort, wer der Junge mit dem Fußball gewesen ist, hat die Löblich erzählt. Und dass sie sehr wütend auf ‚diesen Oskar' gewesen wäre." Rainer scharrte mit dem Schuh auf dem Kiesweg. „Am Montag will Seidelschnürchen dich zur Rede stellen", sagte er bedrückt.

„Na, Mahlzeit", stöhnte Oskar.

„Was machen wir denn jetzt?" – Oskar wusste es nicht.

Inzwischen waren die anderen Geheimbündler herangekommen. Bald saßen alle in der Laube und besprachen den schwierigen Fall. Oskar und auch den anderen war natürlich die Lust am UMGANG MIT MÄDCHEN UND ANDEREN FRAUENZIMMERN vergangen, das lässt sich denken.

Aber da zeigte sich, dass die verschworenen Rabauken sich nicht nur auf piekfeine Manieren, sondern auch auf gute Kameradschaft verstanden.

„Na hör mal, Ossi", sagte Jen. „Wenn du gloobst, dass bloß du jute Ideen hast, dann gannste mir leid tun. Ich hab nämlich ooch eene."

Oskar sah ihn überrascht an.

„Ganz einfach. Wir machen eben eene Delegatsion."

„Was denn für eine Delegation?", fragte Rainer.

„Na, eene von den Pionieren. Passt uff! Morgen früh gehen mir alle zusamm zur Äggs-Paukerin. Und da sagen wir, wir käm von der Schule, und wir möchten uns..."

Plötzlich stand er auf, machte eine steife Verbeugung vor Dolly und gab sich große Mühe, hochdeutsch zu reden: „Wir möchten uns in aller Form entschuldigen bei Ihnen wegen der Balkontüre, verehrte Tante."

Immerhin, als abstoßendes Beispiel war das eine unerhörte Leistung. Die anderen übersahen großzügig die kleinen Sprechschnitzer und klatschten Beifall.

„Schon jut", sächselte Jen lustig weiter und schmiss sich auf das Sofa, dass die Sprungfedern nur so ächzten. „Und wenn wir das gesagt ha'm, geht's gleich ran an de Arbeet. Vielleicht hat sie 'n Garten umzugrab'n? Oder wir räum ihren Keller ordentlich uff. Egal. Hauptsache, wir zeigen uns von der hübschesten Seite, ne wahr?"

Wieder gab es Beifall.

„Mann, das ist 'ne Wucht", posaunte Otto fröhlich los. Und die anderen gaben ihm zentnerweise recht.

Oskar war einfach gerührt über so viel Hilfsbereitschaft. Sogar Dolly schien aus dem Häuschen zu sein.

„Leute, das wird ein Fest", rief sie. „Ich zieh mir mein blaues Plisseeröckchen an. Und die weiße Bluse. Dazu setz ich mein schönstes Sonntagslächeln auf. Da schmilzt die Löblich glatt weg, glaubt ihr?"

„Und in so 'ner Kluft willste bei ihr die Spinnweben im Keller abkratzen?", fragte Konrad. „Typisch Mädchen."

„Seid bloß froh, dass ihr eine Dame dabei habt", näselte Dolly. „Ihr bekämt es glatt fertig, morgen ohne Blumen zu erscheinen."

„Ach, richtig", sagte Rainer. „Jetzt muss natürlich jeder einen kleinen Strauß mitbringen. Und wo Papier drum ist, vorher abnehmen, wenn ihr die Blumen abgebt."

Er blätterte eilig das Kapitel von den MÄDCHEN UND FRAUENZIMMERN durch und gab ihnen noch manche Tipps, was wohl ein Mann von Welt beim Besuch einer Dame alles zu beachten habe: „…leichte Verbeugung, während man sich mit Namen und Titel… Titel ist natürlich Quatsch, also mit Namen vorstellt. Warten, bis sie bittet, näher zu treten. Nur hinsetzen, wenn sie dazu aufgefordert hat. Nicht zu lange bleiben. Erst wenn…"

„Hört mal", meldete sich Alfons Tüchler. „Ich denke, Oskar soll den Schaden wiedergutmachen? Da müssen wir doch die Scheibe einsetzen. Oder?"

„Die neue Scheibe ist schon drin", sagte Rainer. „Höchstens…" Er guckte fragend zu Oskar.

„Weiß schon", brummte der. „Da muss ich eben bei meinem Sparschwein 'ne Notschlachtung machen. Vielleicht langt's für 'ne Scheibe."

„Da brauchst du bloß noch auf ein Auto zu sparen", sagte Tüchler lachend. „Scheibe hast du schon."

„Und wenn's für eine Scheibe nicht langt", meinte Konrad, „kriegen wir vielleicht auch noch paar Mark zusammen, was?"

„Na, allemal", stimmte Otto zu. „Jeder dreht heute sämtliche Taschen um, klar?"

An diesem Nachmittag waren sie so eifrig wie noch nie bei der Sache. Jede Einzelheit ihres morgigen Besuchs wurde genau besprochen und sofort geübt. Dass ihre Generalprobe ausgerechnet bei der strengen Ex-Paukerin sein musste, war natürlich Pech. Besonders für Oskar. Wenn er an ihren zähnefletschenden Adrian dachte, hätte er lieber darauf verzichtet, sich die Sonntagshose anzuziehen. Aber auch für ihn bestand Frackzwang. Da war nichts zu machen. Niemand durfte sich danebenbenehmen. Ja, sogar Titus, der doch gar nicht zur Delegation gehörte, wartete geduldig vor der offenen Laubentür, bis Oskar sagte: „Bitte, tritt näher, mein lieber Titulus."

Erst dann kam er schwanzwedelnd angerannt.

Es wurde beinah Abend, bis die anstrengenden Vorbereitungen beendet waren. Sie verabredeten sich für den Sonntagvormittag um elf Uhr auf der Uferstraße. Denn vor dieser Zeit, so schrieb es die Anstandsfibel vor, war „jeder unangemeldete Besuch im fremden Haus tunlichst zu unterlassen".

Um diese Zeit schob Fräulein Löblich, eine Küchenschürze um, den Staubsauger auf ihrem Teppich hin und her.

Da klingelte es. Und als sie eilig die Schürze abgenommen und geöffnet hatte, stand ein Junge im Sonntagsanzug vor der Tür. In der einen Hand hielt er ein Bukett, in der anderen ein größeres Päckchen. Es war Rainer.

„Guten Tag, Fräulein Löblich.“ Er verneigte sich leicht.

„Wie nett, dass du wieder einmal kommst, Rainer. Sieh nur, Adrian, was für lieber Besuch da ist.“ Adrian kam sofort angeschossen und beschnupperte den Jungen gründlich.

„Ich störe doch hoffentlich nicht?“ Damit hielt er ihr die Blumen entgegen. „Wenn ich mir erlauben darf…“

„Danke, Rainer. Wie aufmerksam! Tritt näher.“

„Ja, gern.“ Rainer schielte schnell zum Treppenabsatz hinunter und hüstelte. Dort warteten nämlich die anderen sechs auf das verabredete Zeichen. Denn Rainer hatte nur die Aufgabe übernommen, erst einmal die Stimmung auszukundschaften. Das Ergebnis schien, da er hüstelte, günstig zu sein. Sofort huschte Dolly die Treppe hinauf. Inzwischen beschäftigte sich Rainer, um Fräulein Löblich abzulenken, mit ihrem Adrian.

„Was für ein gutes Hündchen du bist.“ Rainer kraulte ihm das Fell.

Und ehe sich's Fräulein Löblich versah, stand ein Mädchen im blauen Plisseeröckchen vor ihr, knickste mit den kurzen Beinen ein und haspelte mühsam herunter, was sie gestern in der Laube gelernt hatten:

„Gestatten Sie, mein Name ist Dolly. Guten Tag! Wenn ich mir erlauben darf…“ Dann stemmte sie ihren Vergissmeinnichtstrauß vor, um Fräulein Löblich nicht vor die Tür sehen zu lassen.

„Wie denn, du hast eine Freundin mitgebracht, Rainer? Das freut mich. Danke, Dolly. Bitte kommt doch…“

Da stand schon wieder ein Junge vor ihr, während Dolly, etwas Eingewickeltes unter dem Arm, zur Seite trat.

„Guten Tag. Gestatten Sie, ich heiße Konrad. Darf ich mir erlauben?“ Er hatte ein Alpenveilchen mitgebracht.

„Ja, aber ich hab doch nicht Geburtstag“, rief Fräulein Löblich etwas verwirrt aus. „Sehr liebenswürdig, Konrad. Wollt ihr nicht hereinkommen?“

„Gestatten Sie, ich heiße Jen, äh, Poldi Gleinschmidt“, meldete sich der nächste Besucher. „Wenn ich mir gefälligst erlauben dürfte…“

Und schon hatte die Dame einen riesigen Feldblumenstrauß vor der Nase. Das erschwerte ihr die Sicht. Unbemerkt konnten Jen und die drei ihre Päckchen neben die Tür legen, als Alfons Tüchler die letzten Stufen nahm.

„Gestatten Sie, mein Name ist Alfons. Guten Tag auch! Wenn ich mir erlauben darf…“

Diesmal war es nur ein Sträußchen. Es hatte gerade noch Platz in Fräulein Löblichs Arm. Verdutzt stand sie in der Tür. Eben wollte sie die Treppe hinuntersehen, als polternd ein Junge über die letzte Stufe stolperte.

Es war Otto, der mit dem Absatz hängen geblieben war. Geistesgegenwärtig fing Alfons ihn auf.

„Wenn ich mir erlauben darf", schnatterte Otto aufgeregt und noch leicht schwankend, „so heiße ich Brößel. Gestatten Sie? Guten Tag!"

Völlig durcheinander, hielt er ihr mit gespreizten Fingern und galantem Lächeln ein unförmiges Etwas in braunem Packpapier entgegen, während die andere Hand achtlos ein paar prächtige Nelken neben der Tür fallen ließ.

Hinter ihm verdrehten die anderen entsetzt die Augen. Das war der erste Patzer in ihrer Vorstellungstour. Denn Ottos Päckchen enthielt nur eine schäbige Hose und ein verwaschenes Jungenhemd. Weil sie doch nachher ihren Keller aufräumen wollten.

„Sogar noch ein Geschenk?“ Fräulein Löblich erschien die ganze Sache immer seltsamer. „Wenn ich nur wüsste, wie ich zu den vielen Überraschungen komme“, sagte sie und legte Ottos Bündel auf die Flurgarderobe. Kaum blickte sie auf, verneigte sich vor ihr, tiefer als es nötig gewesen wäre, noch ein Junge.

„Gestatten … Oskar!“, meldete er sich mit rauer Stimme.

Im selben Augenblick bemerkte der erschrockene Rainer, dass Adrian böse die Zähne fletschte. Was tun?

Da ließ Oskar unbemerkt aus der Hand, in der er fünf Teerosen hielt, ein Stück Wurst fallen. Rainer atmete auf. Denn Adrian schnappte nicht nach Oskars Sonntagshose, sondern nach dem Wurstende. Und Oskar kam lächelnd hoch. Doch was wurde jetzt?

Einige Sekunden musterte Fräulein Löblich den Jungen mit strengem Gesicht. Und alles hielt den Atem an.

Aber nun muss gesagt werden, dass Oskar an diesem Morgen sein Äußeres frisch tapeziert hatte. Nicht umsonst war er eine Stunde früher als sonst aufgestanden, um sich von oben bis unten abzuschrubben, während seine Eltern noch schliefen. Er hatte es nach langer Bearbeitung auch geschafft, so etwas wie einen Scheitel durch sein struppiges Haar zu ziehen. Mit dem Sonntagsanzug, einem frischen Hemd und dem Wurstende unter dem Arm war er in die Laube gelaufen, um sich dort tadellos in Schale zu werfen und die schönsten Teerosen auszusuchen, die eigentlich Mama gehörten. Zu Haus auf dem Küchentisch aber lag ein Zettel:

Da stand er nun geschniegelt und gebügelt vor der Ex-Paukerin, hielt ihr Mamas Lieblingsblumen hin und sagte, nachdem ihm Rainer auf den Schuh getreten hatte: „Wenn ich mir erlauben darf…"

Fräulein Löblich zwinkerte ein paar Mal, als sehe sie nicht richtig. „Ja, aber…" Das kam zögernd. „Kenne ich dich nicht?"

Oskar wechselte die Farbe. Er überlegte schnell noch einmal, in welchen wohlgesetzten Worten er sich jetzt entschuldigen musste. Plötzlich entdeckte er, dass ein Lächeln über ihr zerfurchtes Gesicht huschte. Und in diesem Augenblick sah die Ex-Paukerin gar nicht mehr so streng aus.

„Nein", sagte Fräulein Löblich. „Ich muss mich getäuscht haben. Nicht wahr, Adrian?"

Der hatte inzwischen die Wurst verschlungen. Schnuppernd kam er näher und wedelte erwartungsvoll mit dem Schwanz.

„Na also!", rief die alte Lehrerin lachend aus. „Das kann der freche Junge nicht sein, der neulich so ruppig vor der Tür gestanden hat." Und darauf amüsierte sie sich noch mehr über Oskars verblüfftes Gesicht.

Das begreife, wer will, dachte der und starrte sie an. Kann denn ein Mensch so kurzsichtig sein?

„Was für herrliche Teerosen", schwärmte Fräulein Löblich. „Und die anderen Blumen dazu! Ich bin ganz gerührt über so viel Aufmerksamkeit." Diesmal guckte sie aber doch ein bisschen ängstlich die Treppe hinunter.

„Das war der Letzte", sagte Dolly lachend. Und Fräulein Löblich lachte mit.

Sie ließen natürlich Dolly den Vortritt, putzten sich gründlich die Schuhe ab und marschierten im Gänsemarsch in die feindliche Festung. Aber ganz wohl war ihnen nicht dabei. Schließlich stand Oskars Geständnis immer noch bevor. Und was würde Fräulein Löblich dann sagen?

„Bitte setzt euch", wurden sie aufgefordert. Leise nahmen sie im Zimmer mit der Balkontür auf Stühlen und Sesseln Platz. Die Gastgeberin hatte jetzt alle Hände voll zu tun. Nicht nur der Staubsauger musste fortgeräumt werden. Für jeden mitgebrachten Strauß suchte sie eine passende Vase. Und das war nicht ganz einfach.

„Darf ich Ihnen bitte helfen?" Dolly stand auf und nahm von der Kommode ausgerechnet – die Kristallvase. „Wo haben Sie Wasser?"

„Die linke Tür geht zur Küche", sagte Fräulein Löblich. „Aber sieh dich vor mit der Vase. Weißt du, wer sie mir zu meinem siebzigsten Geburtstag geschenkt hat? Zwei ehemalige Schüler. Und warum? Ihr werdet's gar nicht glauben. Weil ich schon immer so dünn war, haben mich diese Lümmels früher Bohnenstange oder Gaslaterne gerufen. Und erst jetzt, nach sieben

Jahren, hat sie vermutlich die Reue gepackt." Sie lachte so übermütig auf, dass sie für einen Augenblick richtig jung aussah. „Als ob ich in meiner Jugend etwa keine Spitznamen für manche Erwachsene gehabt hätte. Genauso wie ihr heute. Stimmt's?"

Sie guckten sich seltsam verstört an, die sechs Jungen und das Mädchen.

Und wussten nicht recht, ob sie ihr das alberne Wort von der Ex-Paukerin eingestehen sollten.

„Na, na“, machte Fräulein Löblich. „Ihr braucht nicht gleich wie ertappte Sünder zu tun. Schließlich habt ihr es mit einer alten Lehrerin zu tun, und die ist Kummer gewöhnt.“

Einen Moment sah es aus, als wollte Oskar etwas sagen. Aber da fing Dolly leise zu lachen an, bis die anderen, erst schüchtern und dann umso befreiter, darin einstimmten.

Kaum war Fräulein Löblich mit Dolly in der Küche verschwunden, flüsterten die Jungen erregt auf Oskar ein. Los, sag es endlich!

Das wollte Oskar auch. Wenn ihm nur eingefallen wäre, mit welchen wohlgesetzten Worten er sich entschuldigen sollte. Als er Rainer danach fragte, kamen die beiden schon aus der Küche zurück und verteilten die vielen Sträuße kunstvoll auf die einzelnen Möbel. Dann ging Fräulein Löblich in den Flur und brachte, zum Erschrecken aller, Ottos Päckchen herein.

„Ich bin neugierig, was da noch für eine Überraschung auf mich wartet", sagte sie und begann es auszuwickeln.

Alle schickten Otto wütende Blicke. Dolly drohte ihm heimlich mit der Faust.

„Was soll ich denn damit?", rief die Frau und hielt eine schäbige Jungenhose hoch. Aber noch ehe Otto eine Erklärung stottern konnte, stand plötzlich Oskar auf. „Entschuldigen Sie bitte, Fräulein Löblich", begann er. Und dann brach es stoßweise aus ihm heraus: „Es ist nämlich ganz anders. Wir wollten Sie etwas fragen. Ob Sie nicht den Keller aufzuräumen haben. Oder den Garten umzugraben. Egal, wir helfen Ihnen gern. Weil wir etwas gutmachen wollen. Jedenfalls ich. Und dann…"

Damit griff er in die Tasche, holte eine Handvoll Geldstücke hervor und legte sie auf den Tisch. „… wollte ich Sie fragen, wie viel…" Leider kullerten einige Geldstücke auf den Teppich, und das brachte ihn ziemlich durcheinander. „… wie viel Scheiben das Geld gekostet hat", brachte er verquer hervor.

Alle machten bestürzte Gesichter. Sie wagten nicht zu lachen. Jeder blickte Fräulein Löblich an. Doch sie schüttelte nur langsam und erstaunt den Kopf. Dabei ging ihr faltiges Gesicht immer mehr in die Breite, bis sie endlich vergnügt lachte.

„Aber es war wirklich so", ereiferte sich Rainer. „Weil ich in unsrer Klasse davon erzählt hab, wie das mit dem Ball passiert ist. Und da haben wir gedacht…"

„Ich war es", unterbrach ihn Oskar und legte sein Gesicht in Sorgenfalten.

„Wer warst du?", wollte Fräulein Löblich wissen.

Endlich fiel Oskar die polierte Rede ein, die er gestern mit Rainer gelernt hatte. „Verehrtes Fräulein Löblich", begann er mit ganz anderer Stimme. „Ich möchte Sie in aller Form um Entschuldigung bitten. Der den Fußball in Ihre werte Scheibe geknallt…" Geknallt! Wenn bloß diese dämlichen wohlgesetzten Worte nicht wären. Ach, egal! „Ich war's eben", sagte er noch einmal.

„Wirklich?", fragte das Fräulein seltsamerweise.

Oskar nickte. Und erwartete eine gehörige Abreibung.

„Ich weiß nicht, Oskar. Vielleicht war es doch ein andrer?"

Irritiert sah er auf. Schon wollte er energisch dagegen protestieren. Wenn er einmal etwas zugegeben hatte, stand er auch zu seinem Wort.

„Ich will dir sagen, warum", kam sie ihm zuvor. „Weil du selber inzwischen ein andrer geworden bist. Oder hab ich mich getäuscht?"

Da soll sich einer auskennen, dachte Oskar erschüttert. Warum sollte ich plötzlich nicht mehr Oskar sein?

„Wenn jemand freiwillig zu mir kommt und ehrlich zugibt, dass er eine Dummheit gemacht hat, ist er auch nicht mehr der feige Junge von gestern. Verstehst du das?"

Oskar nickte. Ein heiseres „Danke, Fräulein Löblich", kam über seine Lippen.

Rings um ihn atmete es auf. Fräulein Löblich gab ihm das Geld zurück.

„So", sagte sie. „Und jetzt wollen wir nicht mehr darüber sprechen. Einverstanden?"

O ja, sie waren einverstanden. Sehr sogar!

„Nett von euch, mir helfen zu wollen. Aber mein Keller ist aufgeräumt, Kinder. Und in meinem Garten? Wenn ich die Arbeit dort nicht selber mache, komme ich mir erst richtig alt vor. Vielleicht später einmal. Darf ich euch eine Tasse Kakao anbieten?"

Nein, das ist zu viel, wollte Oskar sagen. Aber Rainer musste ja besser wissen, was sich gehörte.

„Danke, ja, gern", antwortete Rainer.

Dann saßen sie alle um den gedeckten Tisch und tranken Kakao aus Sammeltassen. In einer hauchdünnen Schale lag Teegebäck für sie bereit.

„Langt nur ordentlich zu", sagte Fräulein Löblich. Doch das war gar nicht so einfach. Das Kapitel KAKAO UND TEEGEBÄCK hatten sie noch nicht durchgenommen. Während die anderen vergnügt zuhörten, was die alte Lehrerin über ihre Erlebnisse als Direktorin einer Schule erzählte, fühlte Oskar fortwährend eine kalte Hundeschnauze an seinen Waden. Es kitzelte ihn mächtig. Und doch wagte er nicht, Adrian so ein feines Gebäckstück zuzuwerfen. Außerdem musste er wie ein Schießhund aufpassen, dass sein Arm angewinkelt blieb, während er aus der zerbrechlichen Tasse trank. Endlich war sie leer. Aber schon kam Dolly mit der verschnörkelten Kanne und goss ihm die Tasse wieder voll. Es war zum Auswachsen!

Wenn auch nichts daneben tropfte, hatte sie doch etwas falsch gemacht.

Rainer flüsterte ihr zu: „Getränke serviert man von rechts."

Na, Mahlzeit, dachte Oskar. Jetzt geht wohl der Benimmzirkus auch noch hier weiter?

„Übrigens benehmt ihr euch ganz reizend", lobte Fräulein Löblich.

Dolly wollte schon einen Knicks machen. Da fragte die Gastgeberin: „Schickt euch etwa eure Lehrerin zu mir?"

Sie zögerten. So eine heikle Frage konnte man mit einem glatten Nein gar nicht beantworten. Ganz freiwillig waren sie schließlich auch nicht gekommen. Trotzdem sagte Konrad unbekümmert: „Fräulein Seidelbast weiß überhaupt nicht, dass wir hier sind." Und das stimmte wirklich. „Darf ich wissen, warum Sie fragen?"

„Ach, nur so." Die alte Lehrerin zauderte, ehe sie zugab, Fräulein Seidelbast kennengelernt zu haben. „Sie war bei mir in der Stadtbücherei, als ich dort eine Bibliothekarin vertrat. Zufällig kamen wir ins Gespräch. Und dabei hab ich ihr auch erzählt…" Sie sprach es nicht aus, zwinkerte aber Oskar vielsagend zu und meinte: „Manches davon muss ich jetzt natürlich korrigieren."

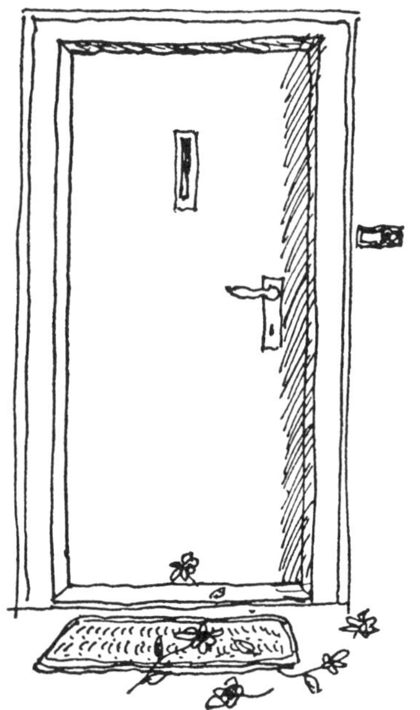

Oskar bekam einen roten Kopf. Auch wenn er in Gedanken das dumme Wort Ex-Paukerin längst gestrichen hatte, wollte er doch noch einmal danke sagen. Aber daraus wurde nur ein undeutliches Murmeln, während er Adrian unter dem Tisch den Hals tätschelte. Seine Freunde stießen sich heimlich in die Seiten und schickten Fräulein Löblich dankbare Blicke.

Wieder kam sie ins Erzählen. Bis Rainer auf die Uhr schaute. Die Besuchszeit von einer halben Stunde, wie sein Benimmbuch streng vorschrieb, war längst überschritten. Später, als sie sich endlich verabschiedeten, kamen ihre Worte nicht mehr so gedrechselt, wie sie es nach der Anstandsfibel gepaukt hatten.

Trotzdem stöhnte Oskar, als sie die Uferstraße entlang zur Stadt zurückgingen. Nur um den anderen nicht zu viel von seiner glücklichen Stimmung zu verraten, schimpfte er jetzt in alter Manier: „Junge, Junge! Ich bin so kaputt wie nach 'nem Marathonlauf. Stellt euch vor, wir müssten den Zirkus jeden Tag machen."

„Waas?", regte Dolly sich auf. „Na, du bist gut. Morgen früh geht's doch erst richtig los mit dem akademisch beschlackerten Benimm. Das war bloß die Generalprobe."

Fräulein Seidelbast staunt Bauklötzer

Am Montagmorgen kam Fräulein Seidelbast sichtlich schlecht gelaunt in die Schule. Das Gespräch mit Fräulein Löblich in der Bücherei hatte ihr das Wochenende gründlich verdorben. Nicht genug, dass sie sich beinah täglich während der Schulstunden mit Oskar und seinen Kumpanen herumärgern musste. Jetzt bekam sie sogar in der Stadt zu hören, wie frech sich der Bengel wieder einmal benommen hatte. Dass eine Scheibe zu Bruch gegangen war, hätte ja noch hingehen können. Die war zu ersetzen. Aber dann erdreistet sich dieser Oskar auch noch, so flegelhaft aufzutreten? Ich verstehe nur nicht, warum Rainer kein Wort davon zu mir gesagt hat. Gerade ihm hatte ich doch mein Vertrauen bewiesen. Und eine Zeit lang sah es sogar aus, als ob die Rasselbande sich bessern wollte. Aber jetzt? Von Tag zu Tag benehmen sie sich rüpelhafter!

„Guten Morgen, Kollegin Seidelbast", begrüßte sie der Direktor im Lehrerzimmer. „Nanu? Ist Ihnen eine Laus über die Leber gelaufen?"

„Wenn es nur eine Laus wäre!"

„Ich kann mir schon denken, was es ist."

Sie sah ihn erstaunt an. Wusste er etwa auch schon von diesem Fensterschuss?

„Es tut mir leid, dass ich wieder davon anfangen muss", sagte Doktor Hurz. „Aber in letzter Zeit scheint sich die Disziplin Ihrer Klasse erheblich verschlechtert zu haben. Beinah alle Kollegen klagen darüber. Nicht, dass ich Ihnen deshalb einen Vorwurf mache, liebe Kollegin. Aber sagte ich nicht schon einmal, dass Sie mit Ihrer Engelsgeduld..."

„Ja, ich weiß", unterbrach sie unwillig. „Vielleicht bin ich nicht streng genug. Doch das ändert sich jetzt. Entschuldigen Sie, ich muss in meine Klasse."

Der Direktor sah ihr beinah mitleidig nach, als sie mit zusammengepressten Lippen hinausging. Kollege Sydow hatte doch recht, überlegte er. Eine so junge, unerfahrene Kollegin wird eben mit den Rabauken nicht fertig.

Jetzt sollen sie mich von einer anderen Seite kennenlernen, nahm sich Fräulein Seidelbast entschlossen vor, als sie die Treppe hinaufstieg und mit forschen Schritten zu ihrer Klasse ging. Diesem Oskar lasse ich auch nicht das Geringste durchgehen! Wenn ich an den struppigen Kerl nur denke, könnte ich... Plötzlich, sie wollte eben die Klassentür öffnen, blieb die Lehrerin verblüfft stehen. Ich träume doch nicht, dachte sie. Oder hat Oskar einen Doppelgänger?

Da stand der Junge im frisch gebügelten Anzug und weißen Hemd vor ihr, lächelte sie freundlich an, öffnete eilfertig die Tür und sagte mit noch nie gehörter Liebenswürdigkeit: „Bitte, nach Ihnen, Fräulein Seidelbast." Und dabei neigte er, wenn auch etwas unsicher, sein struppiges, nein, was sage ich da, sein ordentlich gekämmtes Haupt. Wahrhaftig, er hatte sich, und das warf Fräulein Seidelbast beinah um, einen scharfen Scheitel gezogen.

Sie fasste das einfach nicht. Ein paar Sekunden stand sie unentschlossen vor der Tür und schielte misstrauisch über die Schwelle. Hatte der Bengel einen üblen Scherz mit ihr vor? Lag dort vielleicht etwas, worüber sie stolpern sollte?

„Bitte schön", sagte Oskar einladend.

Zögernd trat sie in die Klasse.

Hier standen die Jungen und Mädchen geradezu mustergültig ruhig und still auf ihren Plätzen. Oskar hatte leise die Tür geschlossen. Lautlos flitzte er auf seinen Platz. Dann trat Dolly vor und meldete: „Die Schüler der Klasse 6a sind zum Unterricht bereit. Es fehlt keiner. Alle haben die Hausaufgaben gemacht."

Aber Fräulein Seidelbast war noch immer so beeindruckt, dass sie zu antworten vergaß. Das geht doch nicht mit rechten Dingen zu, dachte sie verstört. Wenn ich an den Lärm und die Unruhe der letzten Woche denke, kommt es mir vor, als wäre ich heute in eine fremde Klasse geraten. Was hat die Rasselbande nur mit mir vor?

„Bitte, dürfen wir uns setzen?", fragte Dolly.

Die Lehrerin sah sie an. Das Mädchen hatte sich heute adrett angezogen. „Wie? Ja, natürlich. Guten Morgen", sagte sie etwas spät.

„Guten Morgen, Fräulein Seidelbast", schallte es fröhlich aus der Klasse zurück.

Dolly machte den anderen ein Zeichen. Und sofort setzten sie sich beinah geräuschlos und legten, Fräulein Seidelbast glaubte nicht richtig zu sehen, die Hände artig auf den Tisch. Dabei hatte sie ungezählte Male geschimpft, weil die meisten, unmittelbar nachdem sie Platz genommen hatten, wie Maulwürfe in ihren Büchertaschen zu wühlen begannen und grässliche Unruhe verbreiteten.

Endlich trat sie hinter ihren Tisch. Da sah sie, und das war bis jetzt noch nie vorgekommen, eine kleine Vase mit hübsch zurechtgemachten Blumen. Einen Augenblick glaubte sie tatsächlich, sie hätte heute Geburtstag. Aber nein, der war doch erst im Dezember.

In diesem Augenblick sah sie, dass Dolly der kleinen Eva Rüsch den Mund zuhielt und sie streng anblickte. Aber Dolly war wohl nicht schnell genug gewesen, denn die ersten Worte hatte Fräulein Seidelbast noch verstanden. „Die Blumen sind von Os..."

Jetzt stand Eva erschrocken auf und sagte laut und deutlich: „Entschuldigen Sie bitte, Fräulein Seidelbast."

Schwupp! Da saß sie. Und wieder war es mucksmäuschenstill. Man hätte eine Stecknadel fallen hören. Doch wie seltsam es sich auch anhören mag: Gerade das wirkte auf die Lehrerin beunruhigend. Irgendetwas, musste sie immer wieder denken, haben die mit mir vor. Wenn ich nur wüsste, was. Es kann doch nicht sein, dass sich solche Rabauken und Nervtöter ohne Grund über Nacht in Musterschüler verwandelt haben.

„Ja, sagt mal", fragte sie endlich, „was ist denn heute mit euch los?"

Keine Antwort. Einige sahen sie scheinbar verwundert an. Als ob sie sich gar nicht denken könnten, was Fräulein Seidelbast gemeint hatte.

„He, Oskar! Was hat das zu bedeuten, dass ihr euch plötzlich so habt?"

Oskar erhob sich sofort. Mit dem unschuldigsten Gesicht der Welt sagte er: „Wir wollten Sie gewiss nicht kränken, Fräulein Seidelbast."

„Wie bitte?" Jetzt hört sich doch alles auf! Das war ja, als hätte der Bengel einen ganzen Eimer Höflichkeitsmilch getrunken. Und die anderen dazu! Ratlos stand die Lehrerin vor ihrer Klasse. Aber schließlich musste sie trotz allem mit dem Unterricht beginnen.

„Nehmt eure Geschichtsbücher vor. Schlagt Seite 46 auf."

Es dauerte keine zehn Sekunden, da lagen die Bücher aufgeschlagen vor den Schülern. Und wieder waren ihre Augen erwartungsvoll und scheinbar lernbegierig auf die junge Lehrerin gerichtet.

Unruhig stand Fräulein Seidelbast auf und drehte sich zur Wandtafel. Sie konnte ihre Überraschung nur schlecht verbergen. Heute war die Tafel blitzblank abgewischt. Der Schwamm angefeuchtet. Der Kreidelappen tadellos zusammengelegt. Alles das machte sie so kribbelig, dass ihr tatsächlich die Kreide aus der Hand fiel.

Sofort kam Otto vorgeschossen und hob sie auf. „Bitte ßehr, Fräulein Seidelbaßt." Dann huschte er zum Platz zurück.

Ihre Ruhe kam erst wieder, als sie das Thema der heutigen Geschichtsstunde an die Tafel schrieb und dazu eine Karte des Alten Orient zeichnete. Endlich glaubte sie auch eine Erklärung zu haben, weshalb sich Oskar und seine Kumpane heute so puppenartig benahmen.

Natürlich. Vor lauter Überraschung hatte sie ja beinah die Sache mit dem Fensterschuss vergessen. Deshalb also? Gerade darauf legte es Oskar vermutlich an. Sicher hatte er vor der Stunde die Klasse verpflichtet, sein scheinheiliges Spiel mitzumachen. Wer weiß, womit er gedroht hatte, falls sie nicht parieren wollten. Die anderen sollten also nur gut Wetter für ihn machen?

Mit strengem Gesicht drehte sie sich zu ihm um. „Bevor wir mit unserem heutigen Thema beginnen, möchte ich von dir wissen, Oskar, was sich vor vierzehn Tagen auf der Uferstraße abgespielt hat. Antworte!“

Oskar zuckte zusammen. Aber dann stand er auf, atmete tief durch und wollte schon das auswendig gelernte Sprüchlein einer höflichen Entschuldigung vorbringen.

Da ging die Tür auf. Und herein kam – der Direktor.

Jetzt wurde es doch ein bisschen unruhig in der Klasse. Vor allem die Jungen um Oskar tuschelten miteinander.

„Guten Morgen!“

Wie ein Mann standen die Jungen und Mädchen auf und antworteten im Chor: „Guten Morgen, Herr Doktor Hurz.“

Ein zufriedenes Schmunzeln ging über sein gutmütiges Gesicht. „Ausgezeichnet! Setzt euch.“ Und wieder trat äußerste Ruhe ein.

„Entschuldigen Sie die Störung, Kollegin Seidelbast.“

Sie nickte. Und er wandte sich wieder an die Klasse. „Ich muss sagen, dass ich bis heute nur ungern zu euch kam. Vielleicht könnt ihr euch denken, jedenfalls einige unter euch, warum das so war. Heute komme ich mit einer anderen Sache zu euch.“

Er nahm ein Schreiben aus der Tasche und fragte die Lehrerin: „Darf ich der Klasse einen Brief vorlesen?“

„Einen Brief?“ Fräulein Seidelbast dachte erschrocken an ihr Gespräch in der Bücherei. Und da kam es auch schon: „Eine ehemalige Lehrerin, Fräulein Löblich, hat ihn vorhin im Sekretariat abgeben lassen. Aber ich denke, der Brief geht euch alle an.“

Wusste ich’s nicht? Fräulein Seidelbast seufzte erschrocken. Warum konnte die Kollegin nicht warten, bis ich die Angelegenheit geklärt habe?

Und auch Oskar wurde misstrauisch. Ängstlich schielte er zu Rainer. Doch der hob nur die Schultern. Doktor Hurz aber las:

> „Sehr geehrter Kollege Direktor,
> ich halte es für meine Pflicht, Ihnen von einem Vorfall zu berichten, der mich auf das angenehmste überrascht hat.“

Auf das angenehmste? Er wird sich verlesen haben, dachte die Klassenlehrerin.

> „Vor einiger Zeit hat einer Ihrer Schüler seinen Fußball versehentlich in die Glastür meines Balkons geschossen. Und danach hat sich der Junge, wenn ich ehrlich sein soll, nicht gerade höflich gegen mich betragen.

> Umso erstaunter war ich deshalb, als mich dieser Junge mit einigen Schulkameraden seiner Klasse neulich besuchte. Nicht nur, weil die Kinder den angerichteten Schaden wiedergutmachen wollten, was übrigens durch einen ihrer Kameraden schon geschehen war. Diesmal hat sich der Junge mit seinen Freunden von einer Seite gezeigt, die ich beispielhaft nennen möchte. Wirklich, in dieser Stunde habe ich bedauert, nicht mehr Lehrerin im Amt zu sein.
>
> Ich möchte Ihnen zu solchen liebenswerten Schülern herzlich gratulieren, lieber Kollege Direktor. Und damit ihr gutes Beispiel auch auf andere Schüler Einfluss nehme, möchte ich Ihnen die Namen der Kinder nennen. Sie heißen Rainer Lemmle, Oskar, Konrad, Dolly, Alfons, Otto Brösel und Jen-Poldi Gleinschmidt."

Hier stutzte der Direktor. „Kleinschmidt", verbesserte er dann und las den Brief zu Ende.

> „Ich wäre Ihnen dankbar, wenn Sie der jungen Kollegin Seidelbast ausrichteten, dass ich damit die Sache als glücklich erledigt ansehe. Richten Sie ihr bitte Grüße von mir aus. Und auch Sie grüße ich freundlich.
>
> Vera Löblich"

Mit wachsendem Vergnügen hatten die „liebenswerten Schüler" dieser Lobeshymne gelauscht. Nur als der Name Jen-Poldi Gleinschmidt fiel, konnten sich manche das Lachen schwer verkneifen. Aber nun guckten sie neugierig oder auch ein bisschen spitzbübisch zu Fräulein Seidelbast.

Fassungslos stand sie vor der Wandtafel. Wie schlagfertig die junge Lehrerin sonst auch sein konnte – heute hatte es ihr die Sprache verschlagen. Sie staunte einfach Bauklötzer. Und es hätte nicht viel gefehlt, da wäre ihr der Schwamm aus der Hand gefallen.

„Ja, warum sehn Sie mich so verblüfft an, liebe Kollegin?", fragte der Direktor. „Ich denke, wir lassen den Fall wirklich als erledigt gelten. Meinen Sie nicht?"

„Ja, natürlich", antwortete sie verärgert und lächelte endlich.

Da gab es in der Klasse nur noch strahlende Gesichter.

„Hoffentlich passiert es nicht wieder, dass ihr fremder Leute Scheiben zerkloppt", sagte der Direktor. „Rasselbande, ihr! Auf Wiedersehen."

„Auf Wie-der-se-hen, Herr Dok-tor Hurz", antwortete ihm ein Chor fröhlicher Stimmen, als dirigierte ihn ein Taktstock. Blitzschnell sauste Alfons zur Tür und schloss sie lautlos hinter ihm. Und alle fanden Oskars Idee vom akademisch beschlackerten Benehmen wieder einmal kernig.

„Wenn ich nur wüsste", sagte Fräulein Seidelbast kopfschüttelnd, „was plötzlich über euch gekommen ist. Oder habt ihr Höflichkeitspillen geschluckt?"

Sie lachten übermütig. Und Fräulein Seidelbast lachte herzlich mit. Jen wurde so ausgelassen, dass er auch noch einen seiner Jen-Witze loslassen wollte: „Und da kam se mal an een Land, wo se eene löbliche Dame trafen..."

„Schupzalaplämʻ", zischelte Oskar. Und sofort schloss Jen seine witzige Gosche. Aber auch die anderen saßen wieder brav wie Lämmerwölkchen auf ihren Plätzen.

„Schon wieder ist einer plemplem?", fragte Fräulein Seidelbast.

Doch niemand mehr wagte zu lachen.

Merkwürdig, dachte sie. Höchst merkwürdig ist das alles. Dann setzte sie den Geschichtsunterricht fort. Aber je länger sie das Kapitel von der Sklavenhaltergesellschaft im Alten Orient mit ihnen durchsprach, umso ungemütlicher wurde ihr dabei. Kaum rief sie einen, schnellte der wie ein aufklappendes Taschenmesser hoch. Und wie sie alle mit einemmal redeten! Es war, als verzierten sie jeden Satz mit ein paar Schnörkeln. Doch was die Lehrerin auch dagegen einwandte, sie blieben bei dieser verstaubten Sprache. Langsam kam es ihr vor, als habe sie heute keine Kinder, sondern eine Schar aufgezogener Puppen vor sich. Aber durfte sie deswegen schimpfen? Wo diese Rasselbande eben aus dem Mund des Direktors gehört hatte, was für liebenswerte Schüler sie jetzt waren?

Vielleicht ist es gar nicht so leicht zu verstehen, wenn Fräulein Seidelbast am Schluss der Stunde nicht gerade glücklich die Klasse verließ. Und doch war es so.

Die beunruhigende Höflichkeit

Oskar und seine Freunde sonnten sich in einem seltenen Triumph. Bis jetzt hatte es in ihrer Klasse zwar schon manch tolle Überraschung gegeben. Doch dass es Fräulein Seidelbast und bald danach auch den anderen Lehrern vor Verblüffung beinah die Sprache verschlug, das war wirklich noch nicht passiert.

Im Lehrerzimmer steckten sie tags darauf beunruhigt die Köpfe zusammen.

„Sagen Sie mal, Kollege", wandte sich Frau Kühlewind an den Zeichenlehrer Sydow. „Was ist denn plötzlich mit den Schülern in der 6a los? Vorhin kam es mir wahrhaftig vor, als wäre ich versehentlich in ein Pensionat gesitteter Zöglinge geraten. Während des Musikunterrichts waren diese Rangen geradezu beängstigend aufmerksam. Diese Stille! Dieser höfliche, zuvorkommende Ton! Was hat das nur zu bedeuten?"

„Vorsicht, Vorsicht", meinte Herr Sydow. „Gerade das ist bei den Rabauken äußerst verdächtig. Da stimmt doch etwas nicht, ich bitte Sie."

„Nicht wahr? Es macht einen richtig nervös. Jeden Augenblick glaubt man, es müsse gleich etwas geschehen. Mir scheint das nur die Ruhe vor dem Sturm zu sein."

„Sie könnten mir ruhig Ihre Methode verraten, Kollegin", sagte Herr Holbein zu Fräulein Seidelbast, die gerade das Zimmer betrat, „wie man aus einem wilden Haufen ein Musterkabinett höflicher Kinder macht. Ich hab nämlich auch ein paar Prachtexemplare in meiner Klasse. Wie haben Sie das nur in so kurzer Zeit geschafft?"

Fräulein Seidelbast wehrte das Lob energisch ab. Sie machte sich ihre eigenen Gedanken. Und die waren, wie gesagt, nicht die glücklichsten.

Sie zuckte zusammen, als sie die fröhlich-laute Stimme des Direktors vernahm. „Ich beglückwünsche Sie zu diesem Erfolg, liebe Kollegin. Gratuliere! Wir sollten uns im Kollegium einmal zusammensetzen und über Ihr pädagogisches System diskutieren. Schließlich kann jeder Lehrer dazulernen, nicht wahr?"

Jetzt reichte es ihr langsam! „Es ist besser, wenn Sie mich damit verschonen", sagte sie unwillig. „Entschuldigen Sie, aber ich habe nicht die leiseste Ahnung, was in den Köpfen der Kinder vor sich geht. Finden Sie wirklich ihr Benehmen so lobenswert – ist es nicht eher unnatürlich?"

„Aber, aber", widersprach der Direktor. „Nur nicht zu bescheiden, Kollegin Seidelbast. So eine Veränderung im Betragen fällt nicht vom Himmel. Nein, nein, die gute Disziplin ist durchaus Ihr Verdienst. Gewiss, manche bewegen sich vielleicht noch etwas unbeholfen. Aber das erscheint mir ganz verständlich."

„Nicht wahr? Das sage ich auch", behauptete diesmal Frau Kühlewind. „Lieber so als Frechheiten und Rüpeleien jeden Tag."

Fräulein Seidelbast jedoch begriff ganz und gar nicht, wie man das unnormale Gestelze dieser Bande ganz verständlich finden konnte.

„Warten wir erst mal ab", meinte Herr Sydow. „Wie ich Oskar und seine Kumpane kenne, halten sie das bestimmt nicht lange durch."

In diesem Punkt schien sich Herr Sydow zumindest in Oskar getäuscht zu haben. So, wie er sich früher mit Frechheiten und Kraftausdrücken oder auch, wenn das nicht half, mit ein paar Backpfeifen durchgesetzt hatte, machte er es jetzt mit der „Ersatzräubersprache". Bei seinen Geheimbündlern jedenfalls klappte der neue Ton vorzüglich.

Natürlich gab es nicht wenig Jungen und Mädchen, die das steife Gehabe albern fanden und nicht nach Oskars Pfeife tanzen wollten. Aber da sie sich ohnehin nur selten danebenbenahmen, fiel das eigentlich nicht weiter auf. Bei vielen jedoch fand Oskars tolle Idee mehr Zustimmung als der zungenbrecherische Wortsalat des Herrn Abällino. Das ‚fürnehme' Getue war zumindest leichter zu erlernen. Und so meldeten sich immer mehr, die in den Geheimbund aufgenommen werden wollten. Die Laube in Siebenhüners Garten konnte sie beinah nicht mehr fassen. Man ging deshalb dazu über, eine telefonische

AUSKUNFT ÜBER HÖFLICHES BENEHMEN

einzurichten. Wer in Schwierigkeiten geriet, rief einfach bei Rainer zu Haus an. Das war nötig, weil der Spaß mit dem akademisch beschlackerten Benehmen von den meisten auch an ihren Eltern ausprobiert wurde.

Selbst während der Pausen galt Oskars und seiner Freunde strenges Regime. Wollte nur einer in den alten, rüpelhaften Ton zurückfallen, dann zischelte es unheilvoll: „Schupzalapläm!" Und sofort wurde der „Stinkbesen", die „Knatterwanze" oder das „dreimal um den Kirchturm gewickelte…" verschluckt. Stattdessen hörte man höchstens: „Lass das gefälligst sein, mich anzurempeln. Benimm dich lieber."

Ja, es kam so weit, dass auch andere Klassen von dem ungewöhnlichen Ton angesteckt wurden.

Eines Tages stellte der Sportlehrer Faust auf dem Schulhof Oskar zur Rede, weil er nach einem Handballspiel gegen die 6b den Ball nicht in den Geräteschuppen zurückgebracht hatte. Oskar war an diesem Tag Ordnungsschüler.

„Na, wird's bald?", herrschte Herr Faust ihn an. Er kannte Oskar und machte sich bereits auf eine entsprechende Ausrede gefasst. Um ihn her standen die Jungen und Mädchen der sechsten Klasse und erwarteten auch nichts anderes vom Klassenhelden der 6a.

Aber was sagte Oskar?

„Es ist mir außerordentlich peinlich, Herr Faust. Ich werde das Versäumte sofort nachholen." Und ehe sich's der Sportlehrer versah, nahm Oskar den Ball und flitzte damit zum Geräteschuppen.

„Ha?", machte Herr Faust und wackelte irritiert mit dem Kopf. „War das eben Oskar?"

So hatten sich die anderen schon lange nicht mehr vergnügt.

Am nächsten Morgen sagte Herr Sydow im Lehrerzimmer: „Es wird immer verrückter. Jetzt hat das auch schon auf meine Klasse übergegriffen. Steht doch vorhin Erwin Hülsenbeck, einer meiner frechsten Burschen, mit mir zusammen vor dem Sekretariat. Plötzlich tritt der Knabe zurück und redet wie ein Gesellschaftslöwe: ‚Darf ich Ihnen den Vortritt lassen, sehr geehrter Herr Sydow?' Mir ist nur nicht klar, ob der Bursche mich etwa auf den Arm nehmen wollte."

So war es wohl auch. Fräulein Seidelbast kicherte. Aber dann dachte sie: Den Eindruck werde ich bei Oskar auch nicht los.

Am Abend dieses Tages hatte Herr Siebenhüner zwei Skatfreunde eingeladen. Wie immer saß Oskar neben dem Vater und kiebitzte. Wenn Papa guter Laune war, ließ er ihn auch manchmal als vierten Mann am Spiel teilnehmen.

Die Männer reizten sich mit lauernden Gesichtern, indem sie sich gegenseitig Zahlen an den Kopf warfen.

„Achtzehn?“

„Achtzehn!“

„Zwanzig?“

„Zwanzig!“

„Und die Zwo?“

Hier runzelte Herr Windigans, ein Autoschlosser in Papas Betrieb, die Stirn. Die „Zwo“ schien ihm nicht zu gefallen. „Passe“, sagte er und zündete sich eine Zigarre an.

Jetzt guckte der Vater lauernd zum dritten Spieler. Das war der Beifahrer Bullkow. Der winkte ärgerlich ab und brummte: „Die Zwo musst du mir erst mal vormachen, Karl.“

Dazu war Herr Siebenhüner gern bereit. „Null aufs Pferd!“, rief er siegessicher, als wollte er sich in eine Schlacht stürzen.

Oskar wusste längst, dass Papas Spiel eigentlich Null ouvert hieß. Aber Spaß musste natürlich sein. Nach dem ersten Stich, den Herr Bullkow machte, legte Herr Siebenhüner die Karten auf den Tisch. Die anderen machten saure Mienen und warfen ärgerlich ihre dazu. Sie hatten verloren.

„Ein Mistblatt jedes Mal“, schimpfte Herr Bullkow. „Da kann man doch die Krätze kriegen!“

„Entschuldigung“, mischte sich plötzlich Oskar ins Spiel. „So etwas sagt man nicht, Herr Bullkow. Höchstens: Ein schlechtes Blatt. Man kann sich ärgern darüber.“

Die Männer starrten den Jungen an, als hätte er eben etwas sehr Unanständiges gesagt.

„Du bist wohl nicht ganz richtig da oben?“, fuhr ihn sein Vater an. „Was meckerst du?“

„Es ist höchst unschicklich, so zu reden“, antwortete Oskar mutig.

„Na, hör dir die Krabbe an“, brauste Herr Bullkow auf. „Noch nicht trocken hinter den Ohren und will einem alten Mann dusslig kommen?“

Schon wieder wollte Oskar etwas gegen diesen Ton einwenden. Da sagte sein Vater: „Halt gefälligst die Klappe. Geh in die Küche und hole uns ’ne Lage Bier. Aber dalli!“

Oskar stand beflissen auf. „Wie du wünschst, Papa“, sagte er und wollte gleich hinaus. Aber schon kam die Mutter mit Gläsern und Flaschen herein.

„Lass nur, Junge. Ich mache es selber.“ Sie stellte die Gläser neben die Männer und öffnete die erste Flasche.

„Bitte, darf ich einschenken?“, fragte Oskar. „Getränke serviert man stets von rechts, Mama. Sieh mal, so.“

Herr Siebenhüner hielt bereits die nächste Karte in der Hand. „Waas?“, rief er und fuchtelte in der Luft herum. „Hast du vielleicht den Knigge verschluckt, Junge? Oder was ist los?“

„Entschuldige bitte, Papa.“ Oskar stellte die Flasche wieder hin. „Ich habe es gewiss nicht böse gemeint.“

Mit voller Wucht haute Herr Siebenhüner die Karte auf den Tisch und rief: „Hat man so was schon erlebt?"

Oskar ging lieber hinaus, um den Vater nicht noch mehr aufzuregen.

„Jetzt will uns der Bengel sogar vorschreiben, wie man sich zu benehmen hat?" Oskars Vater schluckte schwer.

Doch Oskars Mutter war anderer Meinung. „Wieso frech? Höchstens bisschen naseweis, aber doch nicht frech, Karl! Ich bin heilfroh, dass er endlich mal ein bisschen Manieren zeigt. Und du? Stößt deinen Jungen bloß vor den Kopf."

„Na, hör mal! Der kommt mir vor wie ein Studienrat mit Bart, aber nicht wie mein Junge. Wenn Skat gespielt wird, hat er gefälligst das Maul zu halten."

„Und ihr eure frechen Redensarten", gab die Mutter zurück.

„Na, ich weiß ja nicht", meinte Herr Bullkow beleidigt. „Skat ist immer noch Skat, liebe Frau Siebenhüner. Wenn mir da mein Klausi so dämlich dazwischenquatschte, kriegte er eins auf den A…"

Da warf Frau Siebenhüner laut die Tür hinter Oskar ins Schloss. Herr Bullkow sah erschrocken auf.

„So was braucht der Junge nicht zu hören", rief sie. „Von wem hat er denn die frechen Ausdrücke alle? Die hört er bei eurem Skatspiel. Jawohl! Und jetzt, wo er mal ein bisschen Benehmen zeigt…"

„Na, na", machte Herr Siebenhüner beschwichtigend. „Reg dich nicht auf, Klara. Unser Oskar ist schon ganz in Ordnung. Aber wenn Karten gespielt wird, hat er gefälligst…"

Seine Frau guckte ihn schräg an.

„…soll er sich bisschen zurückhalten", verbesserte der Vater und lachte.

Dann nahm er die Karten wieder auf. „Wer ist denn vorn?"

„Du selber." Auch Herr Windigans drückte ein Lächeln breit. Neben ihm goss nämlich Frau Siebenhüner Bier ein. Und zwar von rechts.

Zur selben Zeit klingelte bei Lemmles das Telefon. Rainers Vater saß gerade am Schreibtisch und schrieb einen Artikel über die Ganggrabfoschung im Havelgebiet. Er nahm den Hörer ans Ohr. Aber noch ehe er sich melden konnte, hörte er eine Mädchenstimme. Die sagte mit merkwürdig artikuliertem Ton: „Hör mal zu, lieber Geheimrat. Ich brauche dringend eine Auskunft. Muss ich zu meiner Tante Grete, wenn sie den Heuschnupfen hat, bei jedem Hatschi Gesundheit sagen oder nicht? Sie hat mir nämlich beim achten Mal eine geknallt. Jetzt sitzt sie da und isst Kuchen. Wie soll ich mich verhalten?"

„Du bist falsch…“, stotterte Doktor Lemmle. …verbunden, wollte er sagen. Aber ihn kribbelte etwas in der Nase.

„Warum bin ich falsch, wenn ich dich bitten darf?“, fragte das Mädchen schnippisch.

„Hatschi!“, machte Doktor Lemmle.

„Gesundheit, Herr Geheimrat“, klang es im Hörer.

Da warf Rainers Vater ihn wütend auf die Gabel zurück. „Das ist ja unglaublich“, schimpfte er los. „Duzt mich einfach, dieses Gör, und will mich mit ihrem ‚Geheimrat‘ verulken?“

„Aber der Geheimrat bin doch ich“, sagte Rainer, der etwas zu spät ins Zimmer gekommen war.

Doktor Lemmle starrte seinen Sohn an, als habe er einen Verrückten vor sich.

Am nächsten Morgen meldete sich Jens Mutter, Frau Kleinschmidt, aufgeregt bei Fräulein Seidelbast im Lehrerzimmer. „Ich hab nämlich Sorgen mit meinem Poldi“, sagte sie.

„Mit Leopold?“

„Er kommt mir so komisch vor in den letzten Tagen, wissen Sie. Vorgestern zum Beispiel, als ich aus dem Keller heraufkomme, sagt doch der Bengel zu mir: ‚Wie oft soll ich dir noch sagen, Mutti, lass mich bitte die Kartoffeln raufholen.‘ Sie müssen nämlich wissen, das hat der Junge noch nie getan. Da konnte ich oder mein Mann noch so viel reden. Na, und heute, wo er ganz steif und starr am Esstisch sitzt, frage ich erschrocken: ‚Junge! Bist du festgefroren? Was ist eigentlich mit dir los?‘ Was glauben Sie antwortet mein Poldi? ‚Würdest du die Freundlichkeit haben, Mutti, und mich nicht stören? Ich denke gerade über etwas Wichtiges nach.‘

Also wissen Sie! Er hat so eine Art, die mir ganz befremdlich vorkommt. Solche Töne sind wir bei unserem Poldi gar nicht gewöhnt. Und da wollte ich Sie fragen, ob er vielleicht was ausgefressen hat in der Schule? Irgendetwas ist doch nicht in Ordnung, ich bitte Sie.“

„Ausgefressen? Nein, das nicht“, antwortete Fräulein Seidelbast hilflos.

„Na, dann ist es ja gut“, meinte Frau Kleinschmidt. „Vielen Dank auch. Auf Wiedersehen.“

Kaum war sie draußen, da lachte Herr Holbein, der bis jetzt still zugehört hatte, schallend los.

Fräulein Seidelbast jedoch ging wortlos hinaus und warf die Tür hinter sich zu.

Und jetzt knallt's

Der Erfolg war, wie man sieht, ungeheuer. Aber Oskar wäre einfach nicht Oskar gewesen, wenn er sich damit begnügt hätte. Es gefiel ihm immer weniger, dass er als angehender Räuberhauptmann dem Geheimrat in der Laube die Führung überlassen musste. War es nicht seine Idee? Und hatte er damit nicht etwas ganz anderes gewollt? Schließlich war das, was sie jetzt machten, nach Oskars Meinung nur eine Ersatzräubersprache. So, wie Rainer damit Ottos Fußball zurückerobert hatte, wollte Oskar am Ende auch seinen Abällino aus Rüpsel Ätzigs Händen befreien.

Doch Fräulein Seidelbast schien gar nicht daran zu denken, ihm sein „Eigentum“ freiwillig auszuhändigen. Und dabei gab er sich solche Mühe, ihr zu imponieren. Sagte er gestern noch: „Wir wollten Sie gewiss nicht kränken, Fräulein Seidelbast“, dann hörte sich das heute so an: „Wir sind zutiefst betrübt, Ihnen so scheußliche Ungelegenheiten bereitet zu haben, verehrtes Fräulein.“

Aber nicht mal das fruchtete etwas.

Rainer dagegen beobachtete Oskar seit einigen Tagen mit heimlicher Sorge. Der Junge verstieg sich allmählich zu einem aufgeblasenen, gespreizten Ton, den man eigentlich schon wieder hässlich nennen müsste. Und danach blickte er die Lehrerin auch noch beifallheischend an. In der Klasse gluckste und kicherte es manchmal wie früher, als er seine frechen Redensarten vom Stapel gelassen hatte.

Fräulein Seidelbast musste sich oft auf die Lippen beißen. Sonst wäre sie wohl ausfallend grob geworden. Aber gerade das hatte sie doch früher an Oskar gerügt. Was sollte sie machen? Wenn sie ihn nach der Stunde zu sich rief und vernünftig mit ihm darüber sprechen wollte, weshalb er sich plötzlich wie ein verstaubter Graf aus einer kitschigen Operette aufführe, guckte er sie unschuldig an und sagte: „Wie meinen?“

Sie hielt sich am Tisch fest und schickte ihn schnell weg. Tags darauf nahm sie sich Rainer Lemmle vor.

„Dass ihr euch jetzt nicht mehr so rüpelig benehmt, ist schon ganz in Ordnung, Rainer. Ich freu mich darüber. Aber warum lasst ihr zu, dass Oskar daraus wieder eine neue Alberei zu machen beginnt?“

Rainer zuckte die Schultern. Dieses süßliche Gehabe hatten sie bestimmt nicht im Geheimbund geübt. Doch Oskar wollte, wenn sie ihn deshalb kritisierten, keine Lehre annehmen. Woher nahm er nur solche geschraubten Töne?

Es war blanker Zufall, dass Oskar kürzlich, als er in der Laube Platz für die neuen Mitglieder ihres Geheimbundes schaffen wollte, ein paar alte Zeitschriften fand. Vielleicht waren sie noch ein bisschen älter als die Schwarte von Abällino. Und eigentlich gehörten sie Tante Milchen. Sie sollten nur einen fehlenden Klotz unter der wackligen Kommode ersetzen. Auf jedem Heft stand der seltsame Titel

DIE GARTENLAUBE.

Vergeblich suchte Oskar darin nach praktischen Ratschlägen für die Gartenarbeit. Das war wohl eher so etwas wie eine Familienzeitschrift? Mittendrin fand er ein Kapitel aus einem Roman und darin einen Satz, der ihm sofort ungemein gut gefiel:

„‚Ich bin zutiefst betrübt, meine verehrte Trudi, dir so scheußliche Ungelegenheiten bereitet zu haben', sagte Junker Jörg…"

Einfach Klasse, was? Der verschnörkelte Ton gehörte also zu einem Roman. Und den hatte ein Schriftsteller verfasst, der sich mit solchen piekfeinen Salonlöwen wie dem Junker Jörg bestens auszukennen schien. Von der Sorte tummelten sich nämlich viele in seinem Roman. Wie Marionetten in einer Mottenkiste.

Für Oskar aber schien dies die Spitze allen akademisch beschlackerten Benehmens zu sein. Sozusagen Weltniveau! Und weil er niemandem die Quelle seiner Ergüsse nannte, glaubte er wirklich allen um eine Nasenlänge voraus zu sein. Nicht nur in der Laube, auch noch abends im Bett las er heimlich in der GARTENLAUBE. Und am nächsten Morgen verblüffte er zum Beispiel Irmchen Münch, als sie ihn fragte, ob ihm das Lineal auf dem Fensterbrett gehöre, mit der klassischen Antwort: „Ja, meine liebe Irmi, es ist gewiss das meine. Verbindlichen Dank." Worauf das Mädchen beinah vom Stängel fiel.

Aber der Höhepunkt solcher Afferei sollte erst noch kommen.

Es war kurz vor dem TAG DES LEHRERS, als ihn Frau Kühlewind auf dem Schulhof ansprach. „Ich sollte es ja nicht sagen, Oskar. Nur weil ihr euch jetzt so höflich benehmt, will ich dir verraten, dass Fräulein Seidelbast bald ausgezeichnet werden soll. Du kannst dir schon denken, wann. Das ist doch auch eine Freude für euch alle, nicht wahr?"

„Ja, gewiss, verehrte Frau Kühlewind. Verbindlichen Dank auch."

Statt es den anderen weiterzuerzählen, behielt es Oskar für sich. Er allein wollte die Lehrerin an diesem Tag überraschen. Noch nie schien ihm die Gelegenheit so günstig gewesen zu sein. Jetzt wollte er ihr mit einem Bravourstück höflichen Benehmens seinen Abällino entlocken. War die Auszeichnung nicht eigentlich sein Verdienst? Na bitte! Er würde mit einer zu Herzen gehenden Festrede ihren letzten Widerstand brechen. Die GARTENLAUBE sollte ihm schon die richtigen Worte dafür liefern…

Fräulein Seidelbast ahnte nichts Böses, als sie am Ehrentag aller Lehrer die Schule betrat. In fröhlicher Stimmung ging sie, wie die anderen Kollegen auch, ins festlich geschmückte Lehrerzimmer. Hier hielt ein Mann im dunklen Anzug und mit feierlichem Gesicht, vom Rat der Stadt Havelau hergeschickt, eine kleine Rede.

Er lobte die Anstrengungen mancher Lehrer, durch besondere Unterrichtsmethoden Vorbildliches in der Erziehung der Schüler geleistet zu haben. Einen von ihnen, den Sportlehrer Faust, zeichnete er mit der PESTALOZZI-MEDAILLE aus. Es gab viel Beifall.

Fräulein Seidelbast schüttelte gerade dem Kollegen Faust herzlich die Hand. Da hörte sie, dass jetzt von ihr gesprochen wurde.

„...freue ich mich besonders", sagte der Mann im dunklen Anzug, „Ihrer jüngsten Kollegin unsere Anerkennung aussprechen zu dürfen. Liebe Kollegin Seidelbast! Trotz kurzer Lehrtätigkeit an unsrer Schule ist es Ihnen gelungen, die Disziplin einer schwierigen Klasse auf erstaunliche Art wesentlich zu verbessern. Nicht nur die Schulleitung, auch viele Kollegen und wir vom Rat der Stadt sind der Meinung, dass Ihr Erfolg nicht gering einzuschätzen ist. Dafür gilt Ihnen unser aller Dank."

Sie war errötend aufgestanden. Nicht doch, dachte sie erschrocken. Das geht zu weit! Sie wollte etwas sagen. Aber da wurde ihr ein dickes Buch und ein prächtiger Rosenstrauß überreicht.

„Nein, nicht", rief sie ärgerlich. „Ich weiß überhaupt nicht..."

Doch ihr Protest wurde sofort mit lautem Beifall und Glückwünschen erstickt. Man legte ihre Abwehr als Bescheidenheit aus. Und doch wusste sie, dass ihr diese Anerkennung nicht zukam. Sie fand es sehr ungerecht, ja beinah wie Hohn, dass man sie für etwas ehrte, was eigentlich nichts weiter war als das launenhafte Spiel Oskars und seiner Freunde. Begriff denn niemand, dass deren eitles Getue mehr Spaß als Ernst war?

„Ich verstehe nicht, liebe Kollegin", sagte Frau Kühlewind nach der Rede zu ihr, „warum Sie so ein saures Gesicht machen? Ich bitte Sie! Die Ehrung steht Ihnen durchaus..."

„Ach, hören sie doch auf", unterbrach Fräulein Seidelbast sie ärgerlich. Dann legte sie Buch und Rosen in den Schrank und verließ das Lehrerzimmer. Ihre fröhliche Stimmung war dahin.

Während sie zum Klassenzimmer hinaufstieg, nahm sie sich vor, den Schülern nichts von dieser Anerkennung zu sagen. Für Oskar wäre das möglicherweise ein Grund mehr, sein unnatürliches Gebaren weiter zu treiben. Und sie hatte jetzt schon Mühe, sich jedes Mal von neuem zu beherrschen.

Was ging in dem Jungen eigentlich vor? Hatte sie ihm nicht schon am ersten Tag gezeigt, dass sie es gut mit ihm meinte? Und das, obwohl er sich grob und frech benahm. War es verkehrt, ihn vor dem Direktor in Schutz zu nehmen? Oder seine alberne Räuberschwarte nicht abzugeben? Jetzt fehlte bloß noch, dass der Bengel ihr Entgegenkommen als Schwäche auslegte!

Morgen, nahm sie sich vor, spreche ich mit seinen Eltern. So geht es jedenfalls nicht weiter mit ihm.

Absichtlich ging sie auf dem langen Korridor ein paar Mal hin und her. Nur um sich zu beruhigen, ehe sie die Klasse betrat. Hier empfing man sie mit einem heiteren Liedchen, das ihr wohltat. Dann sagte die kleine Eva ein Gedicht auf, in dem für alle Schüler versprochen wurde, fleißig zu lernen und der Lehrerin immer Freude zu machen.

„Danke, Eva“, sagte Fräulein Seidelbast. „Das habt ihr sehr nett gemacht. Ich freue mich auch über die Blumen. Aber nun wollen wir mit dem Unterricht…“

Plötzlich sah sie, dass Oskar einen riesigen Strauß unter der Bank hervorholte und damit nach vorn kam. Dabei ging er so steif, als trüge er einen Frack. Gefasst nahm die Lehrerin auch noch seine theatralische Verbeugung hin. Aber als er jetzt einen Zettel aus der Tasche kramte und zu sprechen begann, musste sie sich wieder am Tisch festhalten. Was faselte er da?

„Hochzuverehrendes, gnädiges Fräulein!“

„Na, na“, machte sie widerstrebend. Aber Oskar achtete nicht darauf.

„Es ist mir eine unwillkürlich große Freude, Ihnen zu der hohen Auszeichnung, die Sie heute betroffen hat…“

„Betroffen? So ’n Quatsch“, rief ein Mädchen dazwischen.

„Ruhe, ja? …auf das allerherzlichste die besten Glückwünsche der Klasse und meiner Wenigkeit zu übermitteln. Wie mich dünkt, ist Ihre Freude…“

„Hör auf mit dem Schmalz“, flüsterte Konrad ihm zu. Doch Oskar hatte nicht umsonst die GARTENLAUBE nach möglichst hochtrabenden Worten durchsucht, die dort ein Junker Jörg so trefflich gebrauchte. Er war noch lange nicht am Ende seiner Festrede.

„…ist Ihre Freude selbstverständlich auch die unsrige. Denn gerade wir Schüler waren es doch…“

„Hör mal, Oskar.“ Fräulein Seidelbast stand auf. „Es ist ja sehr nett von dir, mir gratulieren zu wollen. Aber wir sind hier nicht im Theater. Oder willst du mich veralbern?“

Das hätte eigentlich genügen müssen. Oskar wollte schon beleidigt auf seinen Platz gehen. Doch das Wichtigste war noch nicht gesagt. Und so nahm er noch einmal seinen Gartenlauben-Zettel vor. Großzügig ließ er ein paar Kernsätze aus, um jetzt zum Schluss zu kommen:

„Ich hoffe daher nicht unbescheiden zu sein, wenn ich an meine Gratulation eine kleine Bitte knüpfe. Es wäre sehr gütig von Ihnen, hochzuverehrendes…“

Inzwischen wurde es so unruhig in der Klasse, dass Oskar sich erneut unterbrach. Jeder sah, wie es im Gesicht der Lehrerin beängstigend zuckte. Nur Oskar schien nichts zu merken. Jetzt ging sie einen Schritt auf ihn zu und fragte lauernd: „Was ist das für eine Bitte?“

Oskar zog eine beleidigte Miene. Da hatte er sich so viel Mühe gegeben mit seiner Festrede. Und jetzt wollte man ihn nicht mal zu Ende sprechen lassen? Aber gesagt werden musste es!

„…wenn Sie mir tunlichst mein Eigentum zurückzugeben sich erlauben möchten“, las er stockend von seinem Zettel ab. So, nun war es endlich heraus.

Doch Fräulein Seidelbast belohnte seine Mühe nicht etwa, indem sie ihm endlich den lang entbehrten Abällino gab. Sie sagte nur: „Setz dich!“

Oskar stutzte. Er machte ein Gesicht, als wollte er antworten: Aber die Auszeichnung hab eigentlich ich für Sie verdient. Es war nämlich meine Idee. Mit spitzem Mund flötete er: „Wie meinen?“ Und lächelte sie herausfordernd an.

Da verlor sie die lange beherrschte Geduld. Ihre Hand rutschte plötzlich aus und traf schallend Oskars närrisches Gesicht.

Er fuhr perplex zurück und ließ die Arme sinken. Der Gartenlauben-Zettel segelte auf den Fußboden. In der anderen Hand begann der Blumenstrauß verdächtig zu wackeln.

Niemand in der Klasse wagte auch nur zu atmen. Und Fräulein Seidelbast war sehr blass geworden.

„Du sollst dich setzen", brachte sie noch einmal mühsam hervor.

In Oskars bleich gewordenem Gesicht zuckte es. Er vergaß die Manieren des feinen Mannes und schleuderte die Blumen wütend unter den Tisch. Mit einem Mal wurde er wieder der alte, freche Oskar.

„Jetzt langt's mir aber", brach es aus ihm heraus.

Warnend rief Rainer: „Oskar!" Und Dolly flüsterte ihm zu: „Geh bitte auf deinen Platz."

„Was?", schrie er unbeherrscht zurück. „Mit dem akademisch beschlackerten Quatsch ist Schluss! Ich will meinen Abällino wiederhaben. Jetzt ist der Bock nämlich fett!"

Alle guckten ängstlich zu Fräulein Seidelbast. Nein, so frech hatte sich noch niemand einer Lehrerin gegenüber benommen. Sogar Oskar nicht. Jagte sie ihn jetzt hinaus?

Doch Fräulein Seidelbast sah den Jungen eher bedauernd an. „Wärst du nur so geblieben", sagte sie mit einer Ruhe, die niemand für möglich gehalten hätte. „Dann schon lieber einen frechen, rüpelhaften Oskar ertragen, aber einen echten. Und nicht einen unechten, albernen Laffen, den du mir vorspielen wolltest. Aber jetzt ist es wohl zu spät."

Damit ging sie hinaus. Und alle starrten ihr mit langen Gesichtern nach.

Einen Augenblick sah es aus, als wollte Oskar ihr nachgehen. Doch dann verfinsterte sich sein Gesicht wieder. Traurig horchten die anderen auf die Schritte der Lehrerin, die sich auf dem hallenden Korridor immer weiter verloren.

Herr Doktor Hurz saß, noch immer in fröhlicher Stimmung, an seinem Schreibtisch, als plötzlich Fräulein Seidelbast aufgeregt ins Zimmer trat. Ehe er etwas fragen konnte, legte sie ihm das dicke Buch und die Rosen hin, die sie vorhin erhalten hatte. „Bitte, geben Sie das wieder zurück", sagte sie. „Ich habe es nicht verdient." – „Wie? Ich verstehe nicht..."

„Sie werden ein Verfahren gegen mich einleiten müssen, Kollege Direktor."

„Moment mal. Ein Verfahren? Was ist denn eigentlich passiert?“

„Ich habe eben den Schüler Siebenhüner geschlagen.“

Doktor Hurz stand erschrocken auf, dass der Stuhl hinter ihm umfiel.

„Was sagen Sie da? Das ist doch nicht wahr. Warum denn nur, um alles in der Welt?“

„Für sein höfliches Betragen“, antwortete sie ironisch und verließ das Zimmer. Der Direktor sah ihr entgeistert nach. Er hatte das Gefühl, eben selber gebackpfeift worden zu sein.

Titus ist gar nicht so dumm

Wenn die Sache nicht so ernst gewesen wäre, hätte man lachen können. Denn auch die Mädchen und Jungen in der 6a machten ganz den Eindruck, als wären sie eben geohrfeigt worden. Von Fräulein Seidelbast? Oder etwa von Oskar? Kaum hatten sie sich vom ersten Schreck erholt, da machten sie ihrer Empörung Luft.

„Geschieht ihm ganz recht“, fing Lydia an. „Sich so affig zu haben.“

„Er wollte ihr doch bloß gratulieren", piepste die kleine Eva.

„Gratulieren?", höhnte Alfons Tüchler. „Wie 'n Kasper kam er mir vor. Und so was soll gratulieren sein?"

„Deswegen brauchte sie ihm nicht gleich eine zu schmieren. Das ist nämlich verboten", regte sich Irmchen Münch auf.

„Was?", rief Konrad. „Wenn der das mit mir gemacht hätte, würde ich ihm gleich links und rechts eine kleben. Erstens mal hat er uns überhaupt nichts davon gesagt. Und zweitens..."

„Ach nee!"

Endlich hatte sich Oskar gefangen. Sofort giftete er Konrad an. „Bis jetzt haste hübsch mitgemacht bei uns. Und auf einmal..."

„Aber nicht mit so 'nem blöden Gehabe", verteidigte sich Konrad. „Und dann fängst du auch noch mit dem Abällino an. Uns hast du immer gesagt, es darf keiner aus der Reihe tanzen. Und du?"

„Glaubste vielleicht", rief Oskar aufgebracht, „das Theater in der Laube hab ich mitgemacht, weil ich 'n feiner Pinkel werden wollte? Haha! Den Abällino wollt ich wiederhaben."

Da stand Rainer auf. Stellte sich furchtlos vor Oskar und sagte: „Du bist gemein."

Das traf Oskar hart. In seiner Verzweiflung wollte er sich jetzt am Geheimrat für seine Niederlage rächen. Er holte schon aus. Plötzlich aber waren Jen, Konrad, Alfons, ja sogar Dolly an Rainers Seite. Und auch Otto stand entschlossen auf.

Ohnmächtig ließ Oskar die Hand wieder sinken. Er merkte es auch an anderen Gesichtern, auf welcher Seite sie alle standen. Aber noch schlimmer war, dass er mit sich selber im Streit lag. Er hätte heulen können. Doch so weit ließ es ein Junge wie er natürlich nicht kommen. Lieber drehte er allen den Rücken. Schon wollte er einfach hinauslaufen.

Plötzlich ging die Tür auf. Und herein kam, sichtlich nervös, der Direktor. „Was war denn hier los?", wollte er wissen.

Sie erhoben sich zwar sofort. Doch niemand sagte etwas. Vielleicht, weil mit wenigen Worten nicht zu erklären war, wie es zu dieser Backpfeife kommen konnte? Oder auch, weil sie sich schämten, dass so etwas ausgerechnet am Tag des Lehrers passieren musste?

„Also gut." Doktor Hurz atmete schwer. „Nehmt eure Hefte vor und schreibt über das heutige Deutsch-Thema. Rainer, du sorgst dafür, dass alles ruhig bleibt. Fräulein Seidelbast hat sich nicht wohlgefühlt und ist nach Haus gegangen."

Schweigend holten sie ihre Hefte vor. Nur Oskar stand noch immer unentschlossen zwischen den Bänken.

„Du gehst am besten auch nach Haus", entschied der Direktor.

„Das alles klären wir morgen früh. Bis dahin bitte ich euch, möglichst nichts davon herumzuerzählen, was hier passiert ist. Versprecht ihr mir das?" Sie nickten und machten sich an die Arbeit. Oskar aber nahm seine Tasche und ging. Als er am Lehrertisch vorbeikam, bückte er sich nach seinem Zettel und nach dem Blumenstrauß. Dann verschwand er wortlos.

Nach ihm verließ der Direktor die Klasse. Und die Schüler arbeiteten ruhig, als säße da vorn immer noch ihre Lehrerin. Nur einmal guckte Dolly unter ihren Tisch und vermisste Fräulein Seidelbasts Tasche. Stand sie nicht eben noch dort?

Eine halbe Stunde später trottete Oskar, eine Tasche unterm Arm und seinen Titus an der Leine, durch die Gartenvorstadt Peltzow am südlichen Rand von Havelau. Übrigens eine Gegend, wo die beiden seit Jahr und Tag nicht zu sehen gewesen waren. Jetzt marschierten sie den Kranichweg entlang.

Titus knurrte schon unwillig, weil Oskar an jeder Gartentür stehen blieb und die Namenschilder las. Was suchte er denn?

„Sie muss schräg gegenüber von Lydia wohnen", erzählte er seinem Hund. „Und die ist auf dem Kranichweg zu Haus, weißte? Manchmal geht sie sogar mit Seidelbästchen zur Schule, hat sie gesagt. Aber wir geben bloß die Tasche ab, verstanden?"

Schon auf dem ganzen Weg hierher hatte Titus ständig „eine Lauer" machen müssen. Oskar schien heute so viel wie noch nie auf dem Herzen zu haben. Wieder fing er an: „Eigentlich war es ja nicht richtig von mir. Stimmt schon. Aber deswegen brauch ich noch lange nicht wie 'n reuiger Sünder vor sie hinzutreten. Das musste einsehn, Alter. Du wirst nachher ihre Tasche nehmen und sie vor die Tür setzen, verstehste? Ich klingle bloß mal hinterher. Und dann zischen wir wieder ab."

Nach zwei Gartentüren fing er von neuem an: „Vielleicht denkste, ich muss mich bei ihr entschuldigen wie bei Fräulein Löblich? Möcht ich ja auch. Aber es geht nicht. Weil ich da nicht mehr richtig Oskar wäre, Titus. Wenn ich bloß an die Backpfeife denke… Hat ja nicht weiter wehgetan, so auf der Backe. Aber eine Ohrfeige ist eine Ohrfeige. Da kannste sagen, was du willst."

Titus guckte ihn mit seinen treuen Hundeaugen traurig an. Was war denn heute mit seinem Herrn los? Der schluchzte ja!

„Brauchst gar nicht so zu glotzen. Ich heule nicht. Aber morgen in der Schule guck ich sie bloß noch an, wenn sie mich drannimmt. Und zu den

anderen sag ich kein Wort mehr! Ich sitz bloß da und guck auf meinen Platz. Kannste mir glauben, Titus. Wo die plötzlich alle so gegen mich…“

Schon wieder wischte er mit der Hand unter der Nase lang. Er schluckte. Und Titus begann leise zu winseln.

„Sei ruhig!“, schimpfte Oskar, las das nächste Türschild, ging weiter.

„Pass auf. Nachher nimmste ihre Tasche. So, am Henkel.“ Er hielt sie dem Hund vor das Maul. Doch Titus fasste nicht zu, sondern schnüffelte nur daran herum.

„Sei nicht so eklig neugierig. Fass!“

Titus spähte nach allen Seiten, ob da vielleicht irgendetwas zu fassen wäre. Und als ihm Oskar den Henkel zwischen die Zähne schieben wollte, bellte er unwillig.

„Du willst ’n kluger Hund sein? Ein unerzogenes, dummes Tier biste. Merk dir das!“

Jetzt hatte Titus aber die Nase voll. Mit einem Satz war er über die Tasche hinweg, um zur anderen Wegseite zu flitzen. Da stolperte Oskar über die straffe Hundeleine und lag, im Sonntagsanzug, auf der Nase. Fräulein Seidelbasts Tasche aber landete vor der nächsten Gartentür.

Stöhnend erhob sich Oskar. Und was las er an der Tür, als er nach der Tasche griff?

SEIDELBAST – BITTE ZWEIMAL KLINGELN

Ängstlich suchte Oskar mit den Augen die Fenster des Hauses ab, ob ihn vielleicht jemand beobachtete. Mechanisch klopfte er den Schmutz vom Anzug. Dann machte er Titus von der Leine los.

„Jetzt sei kein Frosch, Alter“, flüsterte er. „Du stellst sie dort vor die Tür. Und dann…“

Doch Titus spürte kaum den Henkel am Maul, da huschte er plötzlich durch die angelehnte Tür. Und als Oskar ihn leise rief, bellte er auch noch, als müsse er den Eindringling laut ankündigen.

Was sollte Oskar tun? Er lief, so rasch er konnte, zur Haustür und stellte die Tasche ab, um noch schneller durch den Vorgarten wieder zu verschwinden.

Aber Titus? Horchte plötzlich auf das Gebell eines anderen Hundes, der irgendwo sein mochte, und sauste um das Haus.

„Wirste wohl!“ Aufgeregt rannte Oskar ihm nach. Als er um das Haus herum war, hatte sich Titus mit einem Spitz am hinteren Gartenzaun angefreundet. Friedlich beschnupperten sich die beiden durch den Maschendraht und schienen einander gut zu gefallen.

Plötzlich hörte Oskar, er wollte sich gerade wie ein Lassoschwinger dem Ausreißer nähern, hinter sich eine Stimme aus dem offenen Fenster.

„…und Sie waren doch gern Lehrerin“, sagte dort eine fremde Frauenstimme. „Ich kann es einfach nicht glauben, dass man Ihnen deswegen Schwierigkeiten macht.“

„Es ist aber so", antwortete eine jüngere Stimme. „Das darf eben nicht passieren. Auch wenn der Junge mich noch so wütend gemacht hat. Natürlich gibt es jetzt ein Verfahren. Und wie das meistens ausgeht, hab ich Ihnen ja gesagt, Frau Müller. Ich muss schon damit rechnen, dass man mich entlässt."

Oskar stockte der Atem. War das nicht die Stimme von Fräulein Seidelbast?

„Und das alles wegen eines solchen Rüpels", sagte die Stimme von Frau Müller.

Oskar, der sich erschrocken hinter einen Baum gestellt hatte, glaubte nicht richtig gehört zu haben. Entlassen? Sie soll meinetwegen entlassen werden? Nein, das kann nicht wahr sein!

„Was werden Sie denn jetzt tun?", fragte Frau Müller. Aber nun fing der Spitz hinter dem Zaun fürchterlich zu bellen an. Und Titus gebärdete sich wie toll.

Kaum hatte Oskar ein paar Schritte auf ihn zu gemacht, da steckte eine Frau den Kopf zum Fenster heraus.

„Was suchst du denn in meinem Garten?", fragte sie nicht gerade freundlich.

Oskar fuhr herum. „Guten Tag", stammelte er. „Ich wollte nur die Tasche..."

Jetzt erschien Fräulein Seidelbast am Fenster.

„Oskar? Was soll das bedeuten?“

„Vorn an Ihrer Tür steht…“ Aber weiter kam er nicht. Er drehte sich schnell weg, weil ihm ein paar Tränen über das Gesicht kollerten. Auch das noch! – „Komm mal her, Oskar.“

Da war er schon ums Haus. Wie ein Wiesel sauste Titus hinterher. Doch als die beiden durch den Vorgarten hetzten, hatte Fräulein Seidelbast bereits die Tür geöffnet. Beinah wäre sie über ihre Tasche gestolpert.

„Oskar!“, rief sie. „Jetzt kommst du erst mal rein. Verstanden?“

Es war ihr energischer Ton, der ihn und Titus umkehren ließ. Oder doch sein schlechtes Gewissen?

Jedenfalls saß er nun, nachdem Frau Müller das Zimmer der Lehrerin verlassen hatte, ihr gegenüber. Und zwischen ihm und Fräulein Seidelbast lag Titus auf dem Teppich.

„Ist das dein Hund?“, fragte sie.

„Ja. Titus heißt er.“

„Und ihr habt mir die Tasche bringen wollen? Wer hat dich denn hergeschickt?“

„Keiner. Ich dachte bloß…“

„Danke, Oskar. War es wirklich nur die Tasche, weshalb du hergekommen bist?“

Er schüttelte den Kopf, wagte aber nicht, sie anzusehen.

„Weshalb dann?“

Jetzt fehlten ihm wieder einmal die richtigen Worte. Wenn man weder akademisch beschlackert noch ruppig sein wollte, wie sollte man dann reden? Endlich kam es ganz schlicht über seine Lippen: „Ich muss mich bei Ihnen entschuldigen, weil ich mich so albern benommen habe.“

„Sieh einer an“, sagte Fräulein Seidelbast erstaunt. „Da hab ich tatsächlich einen vernünftigen, höflichen Oskar vor mir. Aber einen echten!“

Das gab ihm zu denken.

„Wir brauchten eigentlich nicht mehr davon zu reden, Oskar. Für mich ist die dumme Sache erledigt. Jedenfalls zwischen uns. Aber ich möchte gern wissen, woher du plötzlich diese fürchterlich gestelzten falschen Töne hattest. Deine Rede hast du dir doch nicht allein ausgedacht?“

„Ausgedacht schon. Bloß, wie ich's gesagt hab, das ist alles aus der Gartenlaube. Ich meine, dort sprechen die Leute eben so.“

„Moment mal. In eurer Laube sprechen die Leute so eine fürchterliche Sprache?“

„Nein doch. Oder ja. Ich meine… Es war alles ganz anders, Fräulein Seidelbast."

Und nun begann er, ihr ehrlich und von Anfang an zu erzählen, wie sie auf die Ersatzräubersprache verfallen waren.

Fräulein Seidelbast hörte geduldig zu, ohne ihn zu unterbrechen. Manchmal strich sie mit der Hand über das zottige Fell von Titus. Und das tat Oskar so gut, als ob man ihn selber gestreichelt hätte. Aber als er auf den Besuch bei Fräulein Löblich zu sprechen kam, musste sie doch etwas sagen.

„Hast du wirklich geglaubt, dass es nur auf die piekfeinen Manieren ankommt, wenn jemand höflich sein will? Ehrlich!"

„Ja, Worauf denn sonst?"

„Ganz so einfach ist es leider nicht, Oskar." Sie stand auf und ging im Zimmer hin und her. Wie sollte sie es dem Jungen richtig erklären? Jetzt blieb sie vor dem Vertiko stehen und zeigte auf eine verkünstelte, überschwänglich verzierte Vase, die Frau Müller gehörte.

„Sieh dir mal dieses Gefäß an, Oskar. Es ist eine billige Nachahmung einer alten, echten Vase. Genauso gespreizt und bombastisch übertrieben hast du heute zu mir gesprochen. Verstehst du, was ich meine? Es war nicht nur albern. Wenn du es dir richtig überlegst, war es eigentlich falsch, unehrlich."

Oskar besah sich den Apparat von einer Vase. Er war mit Blümchen, schlangenartigen Wülsten und ungezählten anderen Verzierungen so überladen, dass man nicht lange hinsehen konnte, ohne konfus zu werden. Stimmt schon, dachte er. Wenn einer so überspannt daherquasselt, kann man auch nicht lange hinhören, ohne verrückt zu werden. Und wenn ich ehrlich sein soll, hab ich damit auch bisschen angeben wollen. Er nickte.

„Erledigt, Oskar. Möchtest du einen Apfel essen?" – „Ja, gern."

Sie stellte eine volle Obstschale auf den Tisch und setzte sich zu ihm. Dann bissen sie herzhaft in die prallen Äpfel, dass es nur so knackte. Es schmeckte ihm ausgezeichnet. Und dabei hatte der Geheimrat das Kapitel VERZEHREN VON FRISCHOBST mit ihnen noch nicht durchgenommen. Aber in Gegenwart des „schnieken" Fräuleins schien es gar nicht möglich zu sein, dass man sich danebenbenahm.

„Weißt du, was euch Rainer nicht gesagt hat?"

Also doch! Erschrocken setzte er sich kerzengerade hin.

„Dass man echte Höflichkeit ebenso wenig aus Büchern lernen kann wie zum Beispiel deine Liebe zu Titus. Oder eure Kameradschaft in der Gruppe. Dass ihr zusammengehalten habt und den Schaden wiedergutmachen wolltet, war tausendmal wichtiger als die Frage, wie man sich vorstellt oder wie man isst. Verstehst du das auch?"

„Ach so? Na klar", antwortete er erleichtert und wollte eben den Apfelgriebs zum offenen Fenster hinauswerfen. Da sah er, dass Fräulein Seidelbast

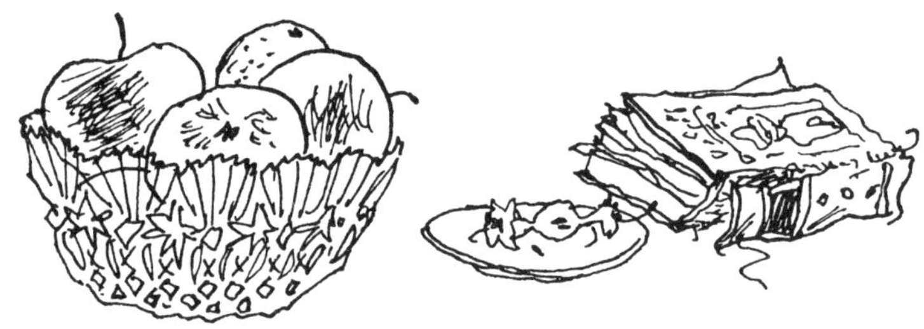

einen kleinen Teller neben die Obstschale stellte. Verlegen ließ er den Arm sinken und legte den Griebs auf den Teller.

„Aber alles war auch nicht gerade falsch, was ihr mit Rainer in der Laube gelernt habt", sagte sie.

Endlich lachte Oskar befreit auf. Und Fräulein Seidelbast lachte mit.

„Übrigens", sie griff nach ihrer Tasche, „bekommst du noch etwas von mir zurück, Oskar."

Er wusste gar nicht, wie ihm geschah. Denn plötzlich lag auf dem Tisch – der Abällino! Da hatte er also den Räuberschmöker von der Schule hierher geschleppt und es nicht gewusst?

„Ist ja ganz lustig, was da alles drinsteht", meinte sie. „Aber wenn ich es mir genau überlege, quasselt Herr Abällino ebenso verschnörkelt wie ihr mit eurer Ersatzräubersprache. Früher haben wir in unsrer Klasse auch mal so was lernen wollen. Aber das war lange nicht so schwierig und zungenbrecherisch."

„Noch besser als abällinisch?"

„Jedenfalls einfacher. Aber du kannst das Buch ruhig wiederhaben."

Oskar kratzte sich am Kopf. „Na ja", meinte er, „jetzt, wo Sie es gelesen haben, macht's eigentlich nicht mehr so richtig Spaß."

„Warum denn nicht?"

„Weil Sie doch alles wissen. Ich meine, was es bedeutet. Da könnten wir ja gleich bucklige Brotspinne zur Knüppelerna..."

„Was? Fängst du schon wieder damit an?"

„Ich hab ja bloß gemeint..."

„Schon gut. Aber wenn du den Schmöker nicht mehr willst, was machen wir denn damit? Ich wüsste schon einen, der ihn gut gebrauchen könnte."

„Wen denn?"

„Den Lumpen- und Altpapierhändler Schippko in der Püstelstraße."

Oskar guckte ein bisschen wehmütig auf seinen Abällino. „Ganz in der Nähe hat ihn Titus damals ja auch gefunden."

„Na also!"

Oskar stand auf. „Mit dem Quatsch ist jetzt Schluss", sagte er wie ein Mann. Aber dann setzte er doch hinzu: „Bloß wenn wir auf die Insel fahren, könnte es eigentlich ganz lustig sein, wenn wir das Buch..."

„Aha! Na, dann nimm es nur. Schade, dass ihr mich nicht dazu eingeladen habt. Mein Freund hat nämlich auch einen Kahn."

„Toll", sagte Oskar. „Können Sie so richtig Fische am Spieß braten, Fräulein Seidelbast?" – „Ist meine Spezialität."

Oskar war so gerührt, dass er sich zu einem Versprechen hinreißen ließ.

„Dafür will ich in der Klasse auch nicht mehr solche Schoten abziehn, Ehrenwort."

„Dann ist doch etwas herausgekommen bei der dummen Sache. Aber das musst du vor allem eurer neuen Klassenlehrerin versprechen."

Er guckte sie verstört an.

„So eine Backpfeife hat leider ein Nachspiel, Oskar. Morgen früh werden sich Elternbeirat und Direktor mit der Klasse befassen, wurde mir gesagt. Ihr müsst euch schon damit abfinden, dass ihr eine neue Klassenlehrerin bekommt."

„Nein. Bestimmt nicht!"

„Das ist leider nicht zu ändern."

Auf einmal hatte es Oskar sehr eilig. „Auf Wiedersehen, Fräulein Seidelbast." Schon nahm er Titus an die Leine.

„Aber warum denn so plötzlich?"

„Ich muss noch mal wohin. Hab was Wichtiges vergessen."

„Auf Wiedersehen, Oskar."

„Aber eins müssen Sie mir noch versprechen."

„Ich?"

„Es braucht niemand zu wissen, dass ich vorhin geheult hab."

„Du solltest geheult haben?" Sie schüttelte den Kopf.

„Danke, Fräulein Seidelbast. Los, Titus!"

Zehn Sekunden später flitzten die beiden den Kranichweg entlang und zur Stadt zurück. „Mach mal 'ne Lauer", sagte Oskar gehetzt, als sie um die nächste Ecke waren. „Vor der Schule trommeln wir jetzt die vom Geheimbund zusammen, verstehste? Heut Nachmittag müssen wir unbedingt 'ne Große Klumpe machen. Aber Schupzalapläm!"

Da ist auch der Direktor machtlos

„Es tut mir sehr leid, meine Damen und Herren", sagte am nächsten Morgen Doktor Hurz zu einigen Frauen und Männern, die sich im Direktorzimmer versammelt hatten. „Aber wenn es sich um körperliche Züchtigung handelt, muss ich dem Kreisschulrat Meldung machen." Bereits gestern Abend hatte er die Mitglieder des Elternbeirats zu einer außerordentlichen Sitzung hergebeten. Nach langem Hin und Her waren sie sich einig geworden, die peinliche

Sache mit der Backpfeife noch einmal vor der Klasse zu prüfen, bevor der Direktor etwas meldete.

„Ich fasse es einfach nicht“, sagte jetzt Frau Kremser, die schon seit zwei Jahren Mitglied des Elternbeirats war. „Wie konnte das einer so tüchtigen und beliebten Lehrerin passieren?“

„Noch dazu an einem Tag“, setzte ein älterer Mann mit Hornbrille hinzu, „wo man sie wegen ihrer Tüchtigkeit ausgezeichnet hat. Wirklich, es ist ein Rätsel.“

„Wir werden ja gleich erfahren, was sich da abgespielt hat“, meinte Doktor Hurz. Er sah auf die Uhr. „Es ist Zeit. Gehen wir.“

Nachdenklich stiegen sie die Treppe hinauf.

„Schlimm für die Kollegin Seidelbast“, behauptete der Direktor. „Sehr schlimm. Es war vielleicht auch mein Fehler, dass ich sie damals ausgerechnet in dieser Klasse anfangen ließ. Aber nun ist es wohl zu spät.“

„Das fürchte ich auch“, stimmte Frau Kremser zu. „Gerade weil sich Oskar Siebenhüner so gebessert hat in seinem Verhalten, ist die Ohrfeige umso weniger verzeihlich.“

So redeten sie sorgenvoll und schüttelten bedauernd die Köpfe.

„Auf jeden Fall werde ich die junge Kollegin beurlauben müssen, bis der Kreisschulrat eine Entscheidung getroffen hat“, sagte Doktor Hurz noch. Dann betraten sie die Klasse.

Und wieder standen die Schüler wie ein Mann auf, ohne dass ihre Lehrerin, die mit blassem Gesicht am Tisch lehnte, ein Wort zu sagen brauchte. Der Direktor winkte ab, als man ihn und die anderen Besucher im Chor begrüßen wollte. Da setzten sie sich leise und legten ihre Hände auf die Tische.

„Tadellos“, flüsterte der Mann mit der Hornbrille Frau Kremser zu. „Ich denke, es ist eine undisziplinierte…?“

„Pscht!“, machte Frau Kremser.

„Liebe Schülerinnen und Schüler“, begann Doktor Hurz kummervoll. „Ich bedaure sehr, dass wir heute mit einer unangenehmen Sache zu euch kommen müssen. Gestern hat der Elternbeirat beschlossen, sich erst einmal mit euch darüber zu unterhalten, was in der Klasse vorgefallen ist. Wer kann es uns möglichst genau und der Reihe nach erzählen?“

„Ich werde es Ihnen mit wenigen Worten…“, wollte Fräulein Seidelbast beginnen. Sie kannte die strengen Bestimmungen für einen solchen Fall und hatte nur den Wunsch, das peinliche Nachspiel wenigstens zu verkürzen.

„Bitte nicht Sie, Kollegin“, unterbrach der Direktor. „Wir hätten gern von den Schülern gehört, was sich hier ereignet hat.“

Doch niemand von ihnen wollte sich melden.

„Also schön, fragen wir. Nun, Dolly? Was weißt du darüber?"

Dolly stand sofort auf und strich, wie immer, ihren Pulli glatt. „Ja, das war so. Wir haben Fräulein Seidelbast mit einem Lied und einem Gedicht begrüßt. Weil doch der Tag des Lehrers war. Und Fräulein Seidelbast hat sich darüber gefreut und danke gesagt. Dann hat sie sich gesetzt. Und dann ist Oskar aufgestanden."

„Ja, und?"

„Er hatte einen Blumenstrauß mit, was wir gar nicht gewusst haben. Und damit ist er vorgegangen und hat sich frech benommen."

„Moment mal. Mit den Blumen hat er sich frech benommen?"

„Ja. Weil er gar nicht richtig gratuliert hat, sondern sie bloß veralbern wollte."

„Aber hör mal, Mädchen", meldete sich der Mann mit der Hornbrille, „wenn Oskar eurer Lehrerin gratulieren wollte, kann er sich nicht frech benommen haben."

„Hat er aber doch", widersprach Dolly. „Mit solchen Faxen stand er da. Und dann hat er wie ein Kasper einen Diener gemacht und wie Graf Koks gesprochen und auch nicht aufhören wollen. Wo wir ihm doch gesagt haben, er soll endlich Schluss machen. Fräulein Seidelbast hat sich festhalten müssen, weil er immer frecher wurde und nicht aufhören wollte..."

„Ja, ja, schon gut." Der Direktor atmete laut. „Das wissen wir jetzt. Aber was kam danach?"

„Danach hat Oskar seinen albernen Zettel noch einmal genommen und wieder angefangen..."

„Liebe Dolly, wir möchten gern wissen, was Fräulein Seidelbast daraufhin gemacht hat", sagte Frau Kremser.

„Sie hat ihn ganz ruhig gebeten, sich hinzusetzen."

„Und später?"

„Später hat sich Oskar nicht gesetzt, sondern wieder angefangen..."

Der Direktor stöhnte. „Also gut, er war frech", sagte er. „Und eure Lehrerin?"

„Sie hat es nicht mehr ausgehalten und ist rausgegangen."

„Aber nicht doch. Du hast uns etwas Wichtiges verschwiegen. Bevor Fräulein Seidelbast hinausging, was war da?"

Dolly zuckte die Schultern. „Ich hab alles gesagt", meinte sie gekränkt.

Der Direktor schaute nach oben und schwieg.

„Fragen wir mal einen anderen Schüler", schlug Frau Kremser vor und lächelte Konrad freundlich an. „Was weißt du uns darüber zu erzählen?"

Konrad erhob sich. „Auch nur das, was Dolly gesagt hat. Bloß eins hat sie vergessen."

„Aha!", machte Frau Kremser. „Und das war?"

„Dass Oskar so komische Sätze aus der Gartenlaube abgeschrieben hatte. Also, wenn er das mit mir gemacht hätte..."

„Es wird ja immer verrückter", schaltete sich wieder der Direktor ein. „Wie kann man aus einer Gartenlaube Sätze abschreiben?"

„Es war aber so. Das hat er nachher selber zugegeben. Stimmt's Oskar?"

„Na schön, lassen wir das", rief Doktor Hurz, ehe Oskar etwas sagen konnte. „Er hat das mit der Gratulation also sehr ungeschickt gemacht. Aber deswegen brauchte doch Fräulein Seidelbast nicht gleich…"

„Nein", rief eine Frau, die bis jetzt geschwiegen hatte. „Gerade das sollen die Kinder erzählen, wenn ich bitten darf." Sie zeigte auf Irmchen Münch. „Möchtest du es uns sagen?"

Irmchen Münch erhob sich beflissen.

„Ja, gern", sagte sie. „Es stimmt, Fräulein Seidelbast hat dem Oskar…" Da stieß die Nachbarin ihr unbemerkt, aber herzhaft in die Seite. Irmchen Münch sah sich plötzlich von drohenden Blicken eingekreist. Und das waren nicht nur die Mitglieder des Geheimbundes, die sie so fixierten. Irmchen stockte also ängstlich. Sie wusste zwar nicht, was der Geheimbund gestern auf seiner Großen Klumpe beschlossen hatte. Aber heute früh hatten Oskar und die anderen von ihnen verlangt, die Backpfeife von gestern einfach zu vergessen. Als ob so was überhaupt ginge! Und dann drohen sie einem auch noch Prügel an, wenn man die Wahrheit sagen würde, dachte sie.

„Du kannst ruhig alles erzählen, Irmgard", sagte Fräulein Seidelbast, weil Irmchen so lange zögerte.

„Bitte, Kollegin!" Der Direktor wurde sehr ungehalten. „Wir wollen hier niemanden beeinflussen. Die Schülerin soll ohne jeden Zwang reden."

Inzwischen war, von den Besuchern unbemerkt, Otto so weit unter den Tisch gerutscht, dass er Irmchen empfindlich auf den Schuh treten konnte. Sie drehte sich erschrocken um. Da begegnete ihr nicht nur ein stechender Blick. Sie saßen alle wie auf dem Sprung.

„Mehr weiß ich auch nicht", stotterte Irmchen und setzte sich schnell.

Alles atmete auf. Doch der Elternbeirat und der Direktor wollten sich noch immer nicht zufrieden geben.

„Oskar!", rief jetzt Doktor Hurz. „Steh auf."

Oskar folgte aufs Wort.

„So. Jetzt wirst du uns ehrlich sagen, was gestern mit dir passiert ist. Hast du verstanden?"

„Ja." Er überlegte schnell noch mal, was sie gestern in der Laube für diesen Fall festgelegt hatten. Dann begann er: „Ich muss zugeben, dass ich besonders gestern ziemlich frech gewesen bin. Eben weil ich die Festrede losgelassen habe. Dabei wollte ich bloß das Räuberbuch wiederhaben."

„Ein Räuberbuch?“, entrüstete sich Frau Kremser. „Es wird ja immer schöner.“

„Es tut mir leid, aber wegen dem Ding hab ich Fräulein Seidelbast schon mal großen Ärger gemacht. Damals wollte ich nämlich…“

„Du sollst jetzt nicht von damals, sondern von gestern erzählen“, unterbrach ihn der Direktor.

„Jawohl, von gestern“, wiederholte Oskar. „Da hab ich Fräulein Seidelbast so gereizt, dass sie rausgegangen ist.“

Die Mitglieder des Elternbeirats schüttelten die Köpfe. Und Fräulein Seidelbast bekam Stielaugen.

„Genug jetzt!“, regte sich Doktor Hurz auf. „Stimmt es etwa nicht, Oskar, dass dich Fräulein Seidelbast geschlagen hat?“

Oskar guckte ihn scheinbar überrascht an. „Geschlagen? Mich?“ Er tat, als wäre er eben vom Mars gefallen. „Nein. Das muss höchstens nebenan passiert sein.“

Ehe der Direktor oder ein anderer etwas sagen konnte, stand Rainer auf. „Bei uns in der Klasse ist noch nie jemand geschlagen worden“, behauptete er. Und das, ohne mit der Wimper zu zucken.

„Ist es denn die Möglichkeit?“ Der Direktor war ganz ratlos.

„Ihr könnt uns doch nicht erzählen“, meinte Frau Kremser, „dass eure Lehrerin das nur geträumt hat. Von ihr hat es der Direktor selber erfahren.“

Sie sahen alle Frau Kremser an, als wollten sie sagen: Vielleicht hat sie es wirklich nur geträumt?

Jetzt meldete sich der Mann mit der Hornbrille. „Wer von euch weiß, dass Fräulein Seidelbast dem Oskar Siebenhüner eine Backpfeife gegeben hat? Bitte aufstehen.“

Keiner rührte sich vom Platz. Die Geheimbündler schielten nach links und rechts, um sofort zu verhindern, dass sich vielleicht ein unsicherer Kandidat erhob.

Das dauerte so an die zwanzig Sekunden.

Fräulein Seidelbasts Gesicht war schon lange in Bewegung geraten. Aber nun musste sie sich zur Wandtafel wenden, um ihre Rührung nicht so deutlich zu zeigen.

„Machen wir mal die Gegenprobe.“ Damit war Frau Kremser wieder dran. „Wer nicht gesehen hat, dass Fräulein Seidelbast den Oskar geschlagen hat, soll bitte aufstehen.“

Das war allerdings ein anderes Kommando. Ein Ruck, und alle standen da. In jeder Miene konnte man helle Freude über ihre Einigkeit lesen. Und

Fräulein Seidelbast fiel es schwer, sich dieses liebenswürdige Theater stumm anzusehen.

„Setzen", sagte der Direktor und wischte mit dem Taschentuch über den blanken Schädel. Da meldete sich noch einmal Oskar.

„Ja? Was möchtest du sagen?"

„Ich möchte Fräulein Seidelbast für meine Frechheiten um Entschuldigung bitten", antwortete er und setzte sich wieder. Schwer genug war ihm das vor allen in der Klasse gefallen. Aber es musste leider sein. Die vom Geheimbund ließen da nicht mit sich spaßen.

Jetzt schien endlich Doktor Hurz begriffen zu haben, was hier in Wahrheit vor sich ging. Seine Augen wanderten von der Klasse zu Fräulein Seidelbast und wieder zurück zur Klasse. Dieses stumme Einverständnis sagte ihm genug. Nicht nur das. Es gefiel ihm sogar.

„Tja", wandte er sich lächelnd an den Elternbeirat, „in solchem Falle ist auch der Direktor machtlos, meine Damen und Herren. Oder haben Sie noch weitere Fragen an die Schüler?"

Nein, sie brauchten nichts mehr zu wissen. Aber jedem konnte man ansehen, dass er mit dem Ergebnis der Befragung zufrieden war.

„Ist es vielleicht möglich, Kollegin Seidelbast, dass Sie sich gestern getäuscht haben, als Sie mir die Meldung machten?"

Sie blickte noch immer in die Klasse. Dreißig Augenpaare waren jetzt auf sie gerichtet und schienen ihr zuzuzwinkern. Doch als sie antwortete, hatte sie nur Oskar im Blick. „Ja, ich habe mich getäuscht."

Da atmeten alle tief auf.

Als Letzter verließ Doktor Hurz die Klasse. Zuvor drehte er sich noch einmal um. „Rasselbande, ihr!", schimpfte er gutmütig. Dann schloss Alfons die Tür hinter ihm.

„So", sagte Fräulein Seidelbast und stemmte die Hände in die Seiten. „Ab heute herrscht hier ein anderer Ton. Habt ihr mich verstanden?"

Aber freilich hatten sie das. Jeder nickte ihr strahlend zu. Sogar Oskar war damit einverstanden. Denn als ihm Dolly während des Geschichtsunterrichts leise zuflüsterte: „Würdest du die Liebenswürdigkeit haben und mir deinen Bleistiftspitzer herüberreichen?", antwortete er ärgerlich: „Halt die Klappe, sag ich dir! Mit dem Quatsch ist es endgültig vorbei."

Und was flüsterte Dolly darauf? „Tut mir leid, aber ich kann's und kann's mir nun mal nicht mehr abgewöhnen."

rmatsch

APLAM

stinkbesen

Knasterwanze

A BÄLLINO

bin entzückt

schi birr

Pardon

allerbesten

Tschuldige bitte

nicht zu übertreffende

würden Sie die Güte

Verehrte Dame

BITTE

DANK

Hochverehrte

ich mir gestatten darf

VITE SEHR!

Hochgeschätzte

gütigst erlauben würden

BITTE

Danke

hoffe nicht unbescheiden zu se

wir sind zutiefst betrübt

Dank!

um den Kirchturm

Bitte GESTATTEN!